Penny Jordan

Poseída por el jeque

Editado por HARLEQUIN IBÉRICA, S.A.
Núñez de Balboa, 56
28001 Madrid

© 2005 Penny Jordan
© 2014 Harlequin Ibérica, S.A.
Poseída por el jeque, n.º 2317 - 18.6.14
Título original: Possessed by the Sheikh
Publicada originalmente por Mills & Boon®, Ltd., Londres.
Este título fue publicado originalmente en español en 2005

I.S.B.N.: 978-84-687-4185-7
Depósito legal: M-9744-2014
Editor responsable: Luis Pugni
Impresión en Black print CPI (Barcelona)
Fecha impresion para Argentina: 15.12.14
Distribuidor exclusivo para España: LOGISTA
Distribuidor para México: CODIPLYRSA
Distribuidores para Argentina: interior, BERTRAN, S.A.C. Vélez
Sársfield, 1950. Cap. Fed./ Buenos Aires y Gran Buenos Aires,
VACCARO SÁNCHEZ y Cía, S.A.

Capítulo 1

KATRINA estaba en mitad del zoco cuando lo vio. Iba a comenzar el regateo por una tela de seda bordada, cuando algo le hizo girar la cabeza. Él estaba al otro lado del estrecho callejón, vestido con un *disha-dasha* tradicional. La luz del sol resaltaba su piel color miel y hacía destellar un cuchillo que llevaba a la cintura.

El comerciante, dándose cuenta de que algo había atraído la atención de su cliente, siguió la dirección de su mirada.

–Es de la tribu de los tuareg Ayghar –le informó.

Katrina no dijo nada. Sabía, por la información que había recopilado antes de viajar a Zurán, que los tuareg Ayghar eran una tribu de feroces guerreros que, en siglos anteriores, eran contratados para escoltar las caravanas de los comerciantes a través del desierto. La tribu seguía prefiriendo vivir de forma nómada.

A diferencia de otros hombres con túnicas, él estaba perfectamente afeitado. Sus ojos, que miraban hacia ella con una altiva falta de interés, eran como ámbar oscuro con motas doradas, y estaban custodiados por unas tupidas pestañas.

A Katrina le recordaba la magnificencia de un peligroso depredador, alguien a quien no se podía domesticar ni encerrar en la jaula de la civilización moderna.

Aquel era un hombre del desierto, un hombre que creaba y vivía según su propio código moral. La arrogancia de sus rasgos y su postura la abrumaban y al mismo tiempo la urgían a que lo siguiera mirando.

¡Y tenía una boca tan sensual...!

Un estremecimiento indeseado recorrió su espina dorsal ante el giro de sus pensamientos.

Ella no había viajado al reino de Zurán para pensar en hombres con bocas sensuales. Estaba allí formando parte de un equipo de científicos dedicados a proteger la flora y la fauna de aquella zona, se recordó a sí misma con firmeza. Pero aun así, no podía dejar de mirarlo.

Indiferente ante ella, el hombre examinó con la mirada un lado y otro del callejón del concurrido bazar. Era como una fantasía árabe hecha realidad, pensó Katrina, aunque su jefe, Richard Walker, se burlaría de ella si la oía hablar así. Pero no quería pensar en Richard. Le había dejado muy claro que no estaba interesada en él, y además era un hombre casado, pero a pesar de todo Richard la rondaba y se tomaba muy a pecho que ella rechazara sus insinuaciones.

Esos pensamientos la hicieron ocultarse entre las sombras del puesto de telas. Inmediatamente, la mirada ámbar la atrapó, haciéndola retroceder instintivamente aún más en la semioscuridad, sin pararse a preguntarse por qué necesitaba retirarse así.

Pero, aunque las sombras la ocultaban, sentía que él había fijado su mirada justamente donde estaba ella. Katrina sintió que el corazón le palpitaba alerta y que la piel le transpiraba inusualmente.

Un grupo de mujeres con túnicas y velo negros atravesó el callejón, interponiéndose entre ellos dos. Cuando se marcharon, él parecía haber perdido todo el interés por ella, porque estaba girándose, tapándose el rostro con la tela teñida de índigo que le cubría la cabeza y dejando visibles únicamente sus ojos, a la manera tradicional de los hombres tuareg. Entonces se dio la vuelta y entró por una puerta que había a su espalda, agachándose para no golpearse la cabeza, dada su elevada estatura.

Katrina advirtió que la mano que se apoyaba sobre el marco de la puerta era delgada y morena, de dedos largos y cuidados. Arrugó la frente, extrañada. Conocía mucho de las tribus nómadas del desierto árabe, y le llamaban la atención tantas anomalías: primero, que un hombre tuareg se opusiera a siglos de tradición y mostrara su rostro, y segundo, que tuviera unas manos con una manicura propia de un millonario.

Sintió que el estómago se le hacía un nudo y que el corazón le golpeaba furiosamente contra el pecho. ¡Ella no era ninguna jovencita fácil de impresionar, ni dispuesta a creer que un hombre vestido con un *dishadasha* era un poderoso líder, ni tampoco estaba ocultando ninguna fantasía secreta de tener sexo con aquel hombre sobre la arena! Ella era una científica de veinticuatro años, se dijo. Pero...

Cuando él desapareció por la puerta, Katrina dejó escapar un suspiro de alivio.

–¿Lo quiere? Es una seda muy fina... y a un precio muy bueno.

Katrina dirigió su atención de nuevo a la seda. Era de buena calidad y de un tono azul pálido que acompañaba a la perfección a su pelo rubio cobrizo. Como había salido ella sola a dar un paseo, había tomado la precaución de recogerse el pelo dentro del sombrero que llevaba.

Pero, vestida con aquella magnífica tela, que sugeriría seductoramente su cuerpo a través de sus vaporosas capas, podría dejar que el pelo le cayera sobre los hombros como una cascada sedosa, mientras un hombre con ojos de felino la contemplaba...

Katrina dejó caer la tela al suelo como si le quemara. Mientras el comerciante la recogía, unos hombres uniformados aparecieron en el callejón, empujando a la gente mientras avanzaban, abriendo puertas y examinando los tenderetes. Estaba claro que buscaban a alguien y que no les importaba el daño que causaran al hacerlo.

Por alguna razón, Katrina desvió la mirada hacia la puerta por la que había desaparecido el tuareg.

Los hombres uniformados se estaban aproximando a ella.

A su espalda, la puerta se abrió y apareció un hombre. Era alto, de pelo negro y vestía ropas occidentales, unos pantalones chinos y una camisa de lino, pero Katrina lo reconoció inmediatamente y abrió los ojos perpleja.

El tuareg se había convertido en un occidental. Comenzó a caminar por el callejón. Acababa de pasar por delante del puesto donde estaba Katrina, cuando uno de los hombres uniformados lo vio y comenzó a llamarlo a gritos, en inglés y en zuranés.

–¡Usted, deténgase!

Katrina vio cómo la mirada de ámbar del tuareg se endurecía, buscando, examinando... y deteniéndose sobre ella, mientras se iluminaba.

–¡Cariño, estás aquí! Te advertí que no debías pasear tú sola.

Los dedos largos y elegantes en los que se había fijado hacía un momento la agarraron de la muñeca y se deslizaron hasta entrelazarse con los suyos, fingiendo una intimidad de novios, pero sujetándola fuertemente para que ella no se soltara. Una sonrisa perfectamente calculada rompió por un momento la expresión arrogante del tuareg. Se acercó más a ella.

—Yo no soy su «cariño» —le espetó Katrina en voz baja.

—Comience a caminar... —le ordenó él también en voz baja, mientras su mirada dura e intimidante la atrapaba bajo su hechizo.

La hostilidad empañaba la habitual dulzura de los ojos azules de Katrina, pero era una hostilidad salpicada de algo mucho más primitivo y peligroso, admitió sombría, mientras empezaba a caminar. Él se acercó a ella y, colándose entre el embriagador aroma de las especias y los perfumes del bazar, Katrina advirtió la fragancia de su colonia y algo mucho más perturbador: el aroma suavemente almizclado del cuerpo de él.

El callejón se había llenado de hombres armados que abrían las puertas a empujones y volcaban los tenderetes, buscando impacientes algo o a alguien.

La atmósfera de relajada felicidad que reinaba antes había desaparecido por completo, y en su lugar el callejón se había convertido en una algarabía de voces y de miedo casi palpable.

Un enorme vehículo todoterreno con las lunas tintadas entró a toda velocidad en el callejón, dispersando a la gente, y se detuvo en seco. El hombre uniformado que salió de él iba muy bien protegido, y Katrina ahogó un grito al reconocer al Ministro del Interior de Zurán, el primo del soberano del país.

Entonces miró a su captor con aprensión, sintiéndose entre dos emociones encontradas. Ella había visto al hombre entrar en el edificio vestido como un tuareg, y su comportamiento indicaba que escondía algo. Ella debería al menos llamar la atención de los temibles hombres armados, pero él le provocaba una peligrosa fascinación que la estaba induciendo a... ¿a qué? Con decisión, intentó separarse de él. Él registró su ligero movimiento, la sujetó aún más fuerte y la empujó hasta un estrecho lugar entre las sombras del callejón, tan estrecho que su cuerpo se apretó contra el suyo.

—Mire, no sé qué es lo que sucede, pero... —comenzó ella con valentía.

—Silencio —susurró él a su oído, en un tono gélido y plano.

Katrina se dijo a sí misma que la razón de que su cuerpo temblara tan violentamente era que estaba asustada, que no tenía nada que ver con que el musculoso muslo de él estuviera apretado contra ella. El corazón de él latía con tanta fuerza que parecía bombear no sólo su cuerpo, sino también el de ella, superponiéndose a sus propios latidos, abrumándola con su fuerza vital, como si él la proporcionara para ambos cuerpos.

El repentino recuerdo de un viejo dolor la invadió. Sus padres se habían amado de aquella manera, totalmente entregados el uno al otro y para siempre.

Se le escapó un murmullo incoherente de angustia, y la reacción de él fue inmediata: la agarró del cuello, miró a ambos lados de la calle y silenció con su boca cualquier protesta que ella pudiera hacer.

Sabía a calor y a desierto, y a mil y una cosas que habían pasado a formar parte de él y que eran extrañas para ella. Extrañas y también peligrosamente excitantes, admitió ella de nuevo con disgusto, conforme una primitiva reacción femenina se apoderaba de su cuerpo.

Entreabrió los labios y sintió que él se lanzaba como un depredador hacia la ventaja que le había dado. Él aumentó la presión de su boca y Katrina sintió que un fuego explotaba en su interior conforme la lengua de él jugueteaba fieramente con la suya, exigiéndole complicidad.

Su cuerpo se estremeció como respuesta. Nunca en su vida había imaginado que sería capaz de besar a un hombre con una sensualidad tan íntima, en público y a plena luz del día, y desde luego no a un completo extraño.

Fue vagamente consciente de que el todoterreno se alejaba, pero él seguía cubriendo su boca con la suya.

Entonces, tan bruscamente que casi la hizo tambalearse, él la soltó. La ayudó a recuperar el equilibrio con una mano, sin ninguna emoción, y desapareció entre la multitud, dejándola abrumada y, lo que era más inquietante, sintiéndose como si la hubiera abandonado.

–Alteza...

Profundas reverencias marcaban su rápido camino a través del palacio real mientras él se dirigía a encontrarse con su medio hermano.

Los guardias armados que custodiaban las suntuosas puertas de la sala de audiencias las abrieron, hicieron una reverencia y salieron.

Xander estaba por fin en presencia de su medio hermano, e hizo una profunda reverencia mientras las puertas se cerraban tras él. Puede que tuvieran el mismo padre, y que su hermano mayor tuviera debilidad por él, pero el hombre que tenía delante era el soberano de Zurán, y al menos en público le debía un respeto por eso.

Inmediatamente, el soberano se puso en pie y ordenó a Xander que se levantara y que le diera un abrazo.

—Me alegro de que hayas regresado. He oído comentarios excelentes sobre ti de los otros líderes mundiales, hermano, y de nuestras embajadas de Estados Unidos y Europa.

—Eres demasiado amable, Alteza. Todas esas alabanzas deberían ser para ti por haberme concedido el honor de ocuparme de que nuestras embajadas tengan el personal necesario para promover vuestros planes de instaurar la democracia.

Sin necesidad de dar ninguna orden, se abrió una puerta y apareció un criado, seguido por otros dos que traían un delicioso café recién hecho.

Los dos hombres esperaron hasta que la pequeña ceremonia hubo terminado.

En cuanto estuvieron solos, el soberano se acercó a Xander.

—Ven, demos un paseo por el jardín –le dijo–. Allí podremos hablar con más comodidad.

Junto a la sala de audiencias, y disimulado tras pesadas cortinas, había un patio con un jardín lleno de vida gracias al sonido de sus numerosas fuentes.

Ni una mota de polvo estropeaba la perfección de los caminos, de suelo de mosaico, mientras los dos hombres caminaban uno al lado del otro, vestidos con sus prístinas túnicas.

–Es como sospechábamos –le anunció Xander en voz baja, mientras se detenían delante de uno de los múltiples estanques.

Se agachó sobre un cuenco con comida para peces, agarró un puñado y lo lanzó al agua.

–Nazir está conspirando contra ti –añadió.

–¿Tienes pruebas claras de eso? –preguntó el soberano con dureza.

Xander negó con la cabeza.

–Aún no. Como sabes, he logrado infiltrarme en la banda de ladrones y renegados liderada por El Khalid.

–Ese traidor... Debería haberlo dejado en prisión en lugar se haber sido tan benévolo con él –comentó el soberano, resoplando.

–El Khalid no te ha perdonado que le arrebataras sus tierras y sus bienes cuando descubriste sus actividades fraudulentas. Sospecho que Nazir le ha prometido que, si logra derrocarte, él le devolverá sus cosas y su posición. También sospecho que Nazir pretende que sea El Khalid quien parezca que está contra ti. Claro, él no puede permitirse verse envuelto de ninguna forma en tu asesinato –dijo, y frunció el ceño–. Debes estar alerta...

–Estoy bien protegido, no temas. Además, como tú bien dices, Nazir me odia tanto desde que éramos niños, que no se atreverá a atacarme abiertamente.

–Es una pena que no puedas deportarlo.

El Soberano rio.

–No, no podemos hacer nada sin pruebas fehacientes, hermano. Ahora somos una democracia, gracias en parte a tu madre, y debemos actuar según las leyes de esta tierra.

La referencia a su madre hizo que Xander frunciera

ligeramente el ceño. Su madre había sido contratada hacía muchos años como institutriz del hijo del soberano. Era una pensadora liberal y apasionada, y había transmitido sus ideas a su joven alumno, el soberano actual, mientras al mismo tiempo se enamoraba de su padre, un amor que él había correspondido.

Xander era el resultado de ese amor, pero no había llegado a conocer a su madre. Ella había muerto de malaria al mes de nacer él, pero antes le había hecho prometer a su padre que respetaría la herencia cultural de ella a la hora de educar a su hijo.

Como resultado de aquella promesa en el lecho de muerte, Xander había sido educado en Europa y Estados Unidos, antes de ser nombrado embajador itinerante de Zurán.

—Eres tú quien se enfrenta al mayor peligro, Xander —le advirtió el soberano—. Y, como hermano tuyo y como tu soberano, no me hace feliz que te sometas a ese riesgo.

Xander se encogió de hombros quitándole importancia.

—Ambos estamos de acuerdo en que no podemos confiar en nadie más y, además, el peligro no es tan grande. El Khalid me ha aceptado en mi rol como tuareg sin tribu, condenado al ostracismo por mi gente por mis actividades criminales. Ya le he demostrado mi valía: la semana pasada asaltamos una caravana de comerciantes y les aliviamos de su carga...

El soberano frunció el ceño.

—¿Quiénes eran? Me encargaré de que sean indemnizados... aunque nadie ha presentado ninguna queja de un ataque similar.

—Ni lo harán, sospecho —contestó Xander secamente–. Por un lado, el asalto se produjo justo en la zona deshabitada junto a la frontera de Zurán, que es donde El Khalid tiene su base; y por otro, la mercancía que les sustrajimos era dinero falsificado.

–¡Entonces entiendo por qué no han presentado ninguna queja! –exclamó el soberano

–Aunque se rumorea que El Khalid está relacionado con alguna persona importante, aún no he visto a Nazir ni a ninguno de sus hombres ponerse en contacto con él. De todas formas si, como sospecho, Nazir tiene planeado asesinarte durante alguna de tus apariciones públicas en nuestro día de fiesta nacional, tendrá que ver a El Khalid en breve. Casualmente, El Khalid nos ha hecho saber que va a reunirse con alguien importante y que todos debemos estar presentes, pero aún no ha dicho ni cuándo ni dónde va a ser.

–¿Y tú crees que Nazir estará en esa reunión?

–Seguramente. Querrá asegurarse de que los hombres elegidos para acompañar a El Khalid en su misión para asesinarte sean de confianza. Nazir no querrá arriesgarse a emplear a sus propios hombres, así que creo que estará allí. Y yo también estaré.

El soberano frunció el ceño.

–¿No te preocupa que Nazir pueda reconocerte?

–¿Vestido como un tuareg? –cuestionó Xander, negando con la cabeza–. Lo dudo. Al fin y al cabo, tienen por costumbre ir con el rostro cubierto.

El soberano seguía preocupado.

–Entonces, Alteza, ¿os agradan los progresos del nuevo complejo hotelero? He escuchado grandes alabanzas sobre los servicios turísticos de nuestro país mientras visitaba nuestras embajadas –comentó Xander suavemente, lanzándole una mirada de advertencia a su medio hermano al advertir que alguien se acercaba a ellos.

Los arbustos se abrieron para dejar paso a la figura pequeña pero fornida del hombre del que habían estado hablando, y que se acercaba a ellos con los dedos llenos de anillos ostentosos. Fijó su mirada venenosa en Xander y luego en el soberano. Ignorando completamente al primero, hizo una reverencia muy rígida ante el segundo.

—Nazir, ¿qué te trae por aquí? —saludó este fríamente—. No es frecuente que abandones tus labores como Ministro del Interior para hacer visitas sociales.

—¡Estoy muy ocupado, es cierto! —respondió Nazir dándose importancia.

—He oído que hace un rato ha habido problemas en el zoco —murmuró Xander.

Nazir lo fulminó con una mirada de sospecha.

—No ha sido nada... Un ladronzuelo estaba provocando algún desorden, eso es todo.

—¿Un ladronzuelo? ¡Pero si tú mismo estabas allí!

—Estaba en la zona por casualidad. Además, ¿qué derecho tienes a decirme cómo desarrollar mi trabajo?

—Ninguno, aparte del de un ciudadano que se preocupa por su país —contestó Xander sin emoción.

Nazir apretó los labios y le dio la espalda deliberadamente, mientras se dirigía al jeque.

—Entiendo, Alteza, que habéis ignorado mi consejo y que habéis elegido prescindir de la escolta que os ofrecía mi guardia personal para asegurar vuestra seguridad en las celebraciones del día nacional.

—Os agradezco vuestra preocupación, primo, pero debemos recordar en todo momento nuestro deber hacia el pueblo. Nuestros invitados de otras naciones, sobre todo de aquellas que esperamos que nos apoyen para el desarrollo de nuestro turismo, dudarán de la estabilidad de nuestro país si creen que un soberano no puede pasearse entre su gente sin una cohorte de guardias armados.

Se creó un silencio lleno de tensión que Xander rompió con sus palabras.

–Y además, uno siempre debe preguntarse quién protege a los que protegen...

Por el rostro de Nazir cruzó una expresión de odio asesino.

–Si estáis sugiriendo... –comenzó ferozmente.

–No estoy sugiriendo nada –le cortó Xander fríamente–. Sólo estoy exponiendo los hechos.

–¿Los hechos?

–Ha quedado probado que la presencia de personal fuertemente armado puede dar lugar a pequeños incidentes que se descontrolen completamente.

–Estoy seguro de que ninguno de nosotros quiere tener que explicarle al embajador de otro país que uno de sus ciudadanos ha muerto bajo los disparos de un guardia demasiado entusiasta y mal entrenado.

–Seguiremos hablando de esto en privado, primo –dijo Nazir, ignorando deliberadamente a Xander, y a continuación hizo una reverencia y se marchó.

El jeque frunció el ceño mientras intercambiaba una mirada con su medio hermano.

–Nuestro primo olvida lo que te debemos a ti, Xander –dijo enfadado.

Xander se encogió de hombros, restándole importancia.

–Él nunca ha ocultado el hecho de que yo no le gusto, ni mi madre tampoco.

–¿Y tu padre? ¡Nuestro padre fue el mejor soberano que ha tenido nunca este país! ¡Nazir haría bien en no olvidarlo! Desde que eras pequeño, él se ha portado mal contigo, pero ni yo ni mi padre lo sabíamos.

–Aprendí a vivir con ella y con él.

–Tanto él como su padre odiaban a tu madre. Les molestaba la influencia que tenía sobre mi padre. Y luego, cuando él la convirtió en su esposa...

–Puede que a mí me aborrezca, pero es a ti a quien quiere derrocar –apuntó Xander secamente–. Tengo que regresar al desierto antes de que mi ausencia levante sospechas. Me preocupaba que Nazir sospechara de mí después de que sus hombres pusieran patas arriba el zoco buscándome, pero he sabido que ¡era a otro tuareg a quien buscaban!

–La versión oficial es que sólo has regresado a Zurán por un breve tiempo y que abandonas el país nuevamente esta noche para disfrutar de un merecido descanso. Es una pena que no tengas tiempo para comprobar tus empresas. Tus yeguas han tenido un montón de hermosos potros, y la primera fase de construcción del puerto deportivo ya se ha completado.

Xander sonrió y sus dientes blancos refulgieron junto a su piel color miel.

El soberano era conocido en el mundo entero por su relación con las carreras de caballos.

Mientras paseaban de regreso al palacio, el Soberano se giró hacia Xander.

–No estoy seguro de si debería permitirte hacer esto, ¿sabes? –le dijo muy serio–. Te aprecio mucho, hermano pequeño, más de lo que crees. Tu madre fue lo más cercano a una madre que yo tuve. Ella abrió mi mente al conocimiento. Fue su influencia sobre mi padre lo que le hizo a él plantearse el futuro a largo plazo de nuestro país, y cuando ella murió creo que él mismo perdió las ganas de vivir. Los he perdido a los dos, hermano. No quiero perderte a ti también.

–Ni yo a ti –le contestó Xander, mientras se abrazaban.

–¡Hola, preciosa! ¿Te apetece salir conmigo esta noche? He oído que Su Alteza va a ofrecer una lujosa recepción para celebrar el comienzo de la temporada de carreras, y luego podíamos ir a un bar.

Katrina sonrió ante la alegre invitación del fotógrafo del grupo. Tom Hudson era un ligón incorregible, pero se hacía querer.

Ella comenzó a negar con la cabeza, pero antes de que pudiera decir nada, Richard habló secamente.

–Estamos aquí para trabajar, no para socializarnos, y harías bien en no olvidarlo, Hudson. Además, tenemos que levantarnos muy temprano mañana –le recordó.

Se creó un silencio incómodo, y Tom le dedicó una mueca a Richard a sus espaldas.

Aunque estaba muy cualificado, Richard no era popular en su grupo, y Katrina era quien más sufría su presencia.

–Es un hombre muy desagradable –comentó Beverly Thomas, la otra mujer del grupo, mientras se sentaba en la cama de Katrina.

El equipo habitaba un lujoso chalet privado construido según el estilo tradicional: con las habitaciones de las mujeres separadas de las de los hombres. Al principio, a Katrina le había desconcertado que ella y

Bev tuvieran que quedarse en su habitación por la noche. Pero desde que Richard se le había insinuado varias veces, estaba profundamente agradecida de tener que seguir las costumbres del país.

—No puedo evitar sentir lástima por su esposa —confesó Katrina.

—Ni yo. A él no le gusta ni que la mencionemos. Eres consciente de que está desarrollando una obsesión hacia ti, ¿no?

Cuando vio la mirada aprensiva de Katrina, añadió:

—Bueno, quizás llamarlo obsesión es demasiado, pero está decidido a acostarse contigo.

—Puede que quiera hacerlo, pero no lo va a lograr —le aseguró Katrina con determinación—. Lo que me preocupa es que use su posición de líder de la expedición para castigarme por rechazarlo. Este es mi primer trabajo y estoy en período de prueba.

—Intenta que no se te acerque —le aconsejó Beverly, ahogando un bostezo—. Me voy a dormir. Hoy ha sido un día muy largo y, como nos ha recordado nuestro querido Richard, mañana salimos antes de que amanezca.

Katrina sonrió. Estaba deseando comenzar la expedición al desierto para examinar el lecho de un *wadi*, un río que permanecía seco salvo en la estación de lluvias.

Debería dormir. Hacía una hora que se había tumbado en la cama, pero cada vez que cerraba los ojos se encontraba con la perturbadora mirada del hombre de los ojos de ámbar, como lo había bautizado ella para sí.

Y no sólo se le había quedado grabado el color de sus ojos. Todo su cuerpo vibraba al recordarlo.

«Esto es ridículo», se dijo a sí misma rotundamente. Una mujer de veinticuatro años con un doctorado en Bioquímica no podía rendirse a una estúpida y primitiva respuesta sexual hacia un completo extraño, ¡además de un criminal, seguramente!

Pero sus dedos recorrían la suave curva de sus labios, buscando la huella de los de él. Su memoria estaba recordando vívidamente todo lo que había sentido bajo la dominación de su beso.

Molesta, intentó negar lo que estaba sintiendo. Sus padres habían sido un par de científicos ejemplares. Habían vivido el uno para el otro y habían muerto juntos, cuando el lugar que excavaban se había derrumbado sobre ellos.

En aquel momento ella tenía diecisiete años. Ya no era una niña, pero tampoco una adulta. Sus padres eran hijos únicos y no tenían más familia, así que su muerte no sólo la había dejado huérfana, sino con una profunda necesidad de que alguien la amara, de que alguien la completara, y con un profundo temor a la vulnerabilidad que esos sentimientos creaban en ella.

Por eso, se había vuelto muy introspectiva, demasiado inmadura y asustada para lidiar con esos sentimientos. Se había concentrado en sus estudios, permitiéndose hacer amigos con mucha cautela, sin que ninguno fuera demasiado cercano.

A los veinticuatro años había considerado que ya estaba mentalmente equilibrada y emocionalmente madura, pero no le parecía ninguna de las dos cosas ante lo que sentía hacia un extraño.

«Estás en un país diferente con costumbres diferentes», se dijo a sí misma. «Un país, además, que siempre te ha fascinado. Por eso estabas tan deseosa de venir aquí, por eso hace tiempo aprendiste zuranés. A eso se le añade que tenías la adrenalina disparada ante la situación tan poco familiar. Todo eso te ha afectado».

La había afectado hasta el punto de que su cuerpo había respondido a un hombre que no conocía, un hombre del que tendría que haberse puesto en contra.

«Todo el mundo puede cometer un error», intentó consolarse. Después de todo, era casi imposible que volviera a encontrarse con él. No quiso aceptar que esa certeza la deprimía.

Capítulo 2

EL SOL empezaba a aparecer en el horizonte cuando la expedición se puso en marcha, formando un convoy de vehículos todoterreno perfectamente equipados, camino del desierto. Para consternación de Katrina, Richard había insistido en que debía viajar con él a solas, en el vehículo que él conducía.

–Estarás mucho más cómoda conmigo en el vehículo de cabeza –le dijo él, riéndose cruelmente–. Los otros se tragarán nuestro polvo.

Era cierto que la velocidad a la que conducía estaba levantando una nube de fino polvo, pero Katrina hubiera deseado estar con cualquier otra persona.

–¿Por qué no te relajas y duermes un poco? –le sugirió Richard con un tono de lo más empalagoso–. Va a ser un viaje largo. Pero antes de cerrar los ojos, bebe agua. Ya conoces las reglas, debemos cuidarnos de no deshidratarnos.

Obedientemente, Katrina agarró la botella de agua que él le tendía y bebió.

Quince minutos después, pensó que tal vez era una buena idea dormir un poco. Al menos si dormía no tendría que darle conversación a Richard. Y además de pronto tenía mucho sueño, seguramente porque había pasado casi toda la noche pensando en el hombre de los ojos de ámbar. Conforme se acomodaba para dormirse, sintió que el vehículo aceleraba.

El sol del atardecer la despertó al colarse por el parabrisas del coche. Al darse cuenta de la enorme cantidad de tiempo que había estado dormida, dio un brinco en el asiento y se giró hacia Richard consternada.

–Deberías haberme despertado –le dijo–. ¿Cuánto queda para que lleguemos al *wadi*?

Transcurrieron algunos segundos antes de que Richard contestara. La mirada de sus ojos hizo sentirse a Katrina repentinamente inquieta.

–No vamos al *wadi* –replicó él con aire de suficiencia–. Vamos a un lugar mucho más aislado y romántico... Un lugar donde te tendré para mí solo, donde podré enseñarte...

Katrina se lo quedó mirando sin poder creer lo que escuchaba, esperando haber comprendido mal, pero obviamente no era así.

–¡Richard, no puedes hacer esto! Tenemos que ir al *wadi*. Los otros estarán esperándonos...

–Creen que hemos tenido que dar la vuelta –le informó él con calma–. Les dije que no te sentías muy bien. Fue una buena idea poner somníferos en el agua que te di a beber.

Katrina lo miró horrorizada.

–Richard, esto es ridículo. Voy a llamar a los demás por teléfono y...

–Me temo que no vas a poder hacerlo –le interrumpió él, con una sonrisa de satisfacción–. Tengo tu teléfono móvil, lo saqué de tu bolso cuando me detuve a avisar a los demás de que regresábamos.

Katrina no daba crédito a lo que oía.

–¡Esto es una locura! Será mejor que volvamos junto a los demás y nos olvidemos...

–¡No! –la interrumpió él apasionadamente–. Vamos al oasis. Llevo muchos días planeando cómo tenerte para mí solo. Esta es la oportunidad perfecta y el oasis, el lugar perfecto. Está en una zona deshabitada del desierto, una auténtica tierra de nadie, y eso debería resultarte atractivo, Katrina, con lo que te gusta la historia de esta región. Antes se usaba como sitio de descanso para las caravanas que atravesaban el desierto.

Katrina se lo quedó mirando. Tenía la garganta seca y el corazón le latía con fuerza. No tenía miedo de él, pero estaba claro que su comportamiento demostraba, si no una obsesión por ella, al menos una preocupación excesiva e incómoda hacia ella, tal y como Bev había comentado.

–Mira, aquí está el oasis –anunció Richard.

El todoterreno bordeó unas rocas, tras las cuales surgieron palmeras y otra vegetación junto a un lago.

Mientras Richard detenía el vehículo, Katrina reconoció que, en otras circunstancias, se hubiera quedado fascinada con el paraje.

La vegetación del oasis era inesperadamente exuberante y espesa. Seguramente en otros tiempos un río había llegado hasta el lago, ¿qué otra cosa si no habría podido dibujar una grieta a través de las rocas del otro extremo del oasis? Tal vez incluso había habido una cascada.

El oasis debía nutrirse de un manantial o un río subterráneos. Pero, por muy hermoso que fuera, Katrina no tenía ningunas ganas de quedarse allí a solas con Richard.

Dudaba de que él fuera a dejarse convencer para abandonar sus planes, lo que significaba que, si quería escaparse, tendría que encontrar la forma de distraerlo el suficiente tiempo como para poder hacerse con las llaves del coche y ponerlo en marcha antes de que él pudiera detenerla.

—He traído una tienda de campaña y todo lo que podamos necesitar.

—¡Oh, qué inteligente por tu parte! —exclamó Katrina, intentando sonar impresionada—. Yo me quedaré aquí, si te parece bien, mientras tú organizas todo.

Richard negó con la cabeza.

—Me temo que no vas a poder hacer eso, cariño. ¡No me he esforzado en organizar todo esto para que hagas algo estúpido como intentar escaparte de mí!

Él no podía obligarla a moverse, se dijo Katrina para consolarse. Pero unos segundos más tarde, después de decirle que no estaba preparada para salir del vehículo, se dio cuenta de que había subestimado los límites a los que él estaba dispuesto a llegar.

—En ese caso, cariño, me temo que no me dejas otra opción que usar esto —dijo él, sacando unas esposas de un bolsillo—. Hubiera deseado no tener que utilizarlas, pero si te niegas a hacer lo que te pido, voy a tener que esposarte a la puerta del coche.

Se había equivocado al no tenerle miedo, pensó Katrina, mientras un sudor frío le cubría la piel.

—Estará bien tomar un poco de aire fresco —comentó, intentando que no le temblara la voz—. ¿Y si me siento en el oasis mientras tú organizas todo?

—Me parece bien, cariño —concedió Richard, sonriendo—. Busquemos algún lugar cómodo para ti.

Katrina se dijo que no debía perder la esperanza.

Richard la escoltaba hacia el oasis, más como si fuera su carcelero que como alguien que quería ser su amante.

—Esto servirá —anunció él, señalando una de las palmeras.

Katrina escuchó entonces el tintineo del metal contra el metal y supo que estaba sacando las esposas que le había mostrado antes. Sin detenerse a pensar, Katrina echó a correr como una gacela asustada. El pánico la impulsó hacia delante, hacia la estrecha grieta en las rocas, y le hizo ignorar el sonido de vehículos derrapando y gritos de guerreros a caballo. Demasiado tarde para darse cuenta de a quién correspondían esos sonidos, atravesó la grieta y se encontró delante del grupo de fugitivos.

Estaban liderados por El Khalid, pero fue uno de sus jóvenes lugartenientes quien la vio primero. Derrapó a tal velocidad con el todoterreno que conducía, que casi lo hizo volcar.

Detrás de Katrina, detenido en la grieta entre las rocas, Richard se echó hacia atrás aterrorizado, y luego se dio la vuelta y salió corriendo hacia su coche, ignorando la difícil situación de Katrina. Se subió al coche, encendió el motor y se marchó en la dirección en la que había llegado, tan rápidamente como pudo.

Pero Katrina ignoraba que él la había dejado abandonada.

El aire a su alrededor era puro polvo, y los últimos rayos del sol levantaban destellos en el metal del vehículo que se acercaba a ella a toda velocidad. El conductor había sacado medio cuerpo por la ventanilla, con un brazo extendido para agarrarla, mientras una sonrisa lasciva dominaba su rostro.

Katrina se giró para volver por donde había entrado. Tal vez las atenciones de Richard fueran un incordio, pero podía manejarlas mucho mejor que lo que tenía delante en aquel momento. Para horror suyo, vio que su ruta de escape había sido bloqueada por un jinete y su caballo, que se le estaban echando encima.

El sonido de los cascos del caballo se mezcló con los feroces gritos de los hombres que los rodeaban. El jinete estaba tan cerca, que Katrina pudo sentir el aliento del animal sobre su piel. El corazón le latía como si fuera a explotarle. Vio que el jinete se agachaba en su montura, extendía el brazo e, increíblemente, la elevaba del suelo y la colocaba sobre el caballo, agarrada a él, como si fuera su prisionera.

Intentando recuperar el aliento, con el corazón desbocado, Katrina apretó su rostro contra la túnica del jinete, ya que no podía hacer otra cosa más que agarrarse fuertemente. Olió entonces un ligero aroma a limón y se puso rígida. Recordaba ese perfume, al igual que el aroma del propio hombre.

El golpeteo de los cascos del caballo se convirtió en el golpeteo de su propio corazón mientras intentaba verle el rostro.

Tal y como esperaba, lo único que él llevaba expuesto eran los ojos, salpicados de motas doradas, como los de un tigre. Katrina sintió que el corazón le daba un vuelco mientras los contemplaba y veía destellos dorados de ira hacia ella.

Giró la cabeza, demasiado conmocionada para soportar el desprecio de aquella mirada. A lo lejos, vio el todoterreno de Richard escapando y dejándola a su suerte. Las lágrimas inundaron sus ojos, y una de ellas rodó hasta la mano del jinete que sujetaba las riendas del caballo.

Él frunció la boca y se sacudió la gota. Entonces murmuró algo al caballo mientras hacía un giro y regresaba hacia el grupo de hombres que los observaban.

Mientras esto sucedía, un todoterreno se colocó a toda velocidad a su lado. El conductor era el hombre que la había perseguido primero. Tenía el rostro desencajado por la ira y sacudía el puño hacia el jinete, mientras exclamaba en un dialecto que ella no logró comprender. Luego continuó su marcha, llegando junto a los observadores antes que ellos.

Katrina tenía miles de preguntas, pero antes de que pudiera hacer ninguna, el jinete detuvo su caballo delante de un hombre de estatura mediana y complexión fuerte, que le hacía gestos de que desmontara.

Katrina sintió un escalofrío al ver el rifle que llevaba colgado de un hombro y el cinturón de munición, en el que además llevaba sujeta una daga curvada, un arma tradicional de la zona.

Al lado de aquel hombre estaba el conductor del coche que la había perseguido primero. Gesticulaba enfadado mientras la señalaba y hablaba sin parar.

El jinete inclinó levemente la cabeza ante aquel hombre, lo que indicó a Katrina que el hombre del rifle debía de ser el líder de todos ellos. Pero, mientras era obvio que contaba con la obediencia de todos los demás hombres, Katrina percibió que el lenguaje corporal de su captor resaltaba sutilmente su propia independencia.

–¿Por qué has dejado que el hombre escapara? –preguntó enfadado el líder al jinete en zuranés.

Hubo una breve pausa antes de que este respondiera.

–¡El Khalid, estás haciéndome una pregunta que deberías plantearle a otro! Un hombre a caballo, por muy rápido que sea, no puede superar la velocidad de un todoterreno. Sulimán podría haberlo detenido si no hubiera decidido perseguir a una presa más fácil.

–Él me ha robado mi premio y ahora intenta dejarme mal. La mujer es mía, El Khalid –protestó airadamente el conductor.

–¡Ya has escuchado lo que dice Sulimán, Tuareg! ¿Qué le contestas?

Katrina tuvo que contenerse para no girarse hacia su captor y rogarle que no dejara que Sulimán se la llevara. El líder lo había llamado «Tuareg», empleando sólo el nombre de su tribu, mientras que al otro hombre lo había llamado por su nombre de pila, Sulimán... ¿Significaba eso que favorecería la petición del otro? Katrina se sintió enferma con sólo pensarlo.

¿Por qué su captor no decía nada? Ella podía sentir que la estaba mirando, pero no fue capaz de levantar la cabeza y devolverle la mirada. Estaba demasiado asustada de lo que podía encontrarse en sus ojos.

–Le contesto que yo tengo a la mujer y él no. Ella me proporcionará una fortuna cuando la lleve de regreso a Zurán City y su gente pague un rescate por ella.

–Nadie va a abandonar el campamento hasta que yo lo diga –fue la brusca respuesta del líder–. Os he reunido a todos aquí para una misión especial. Si tenemos éxito, nos convertiremos en hombres muy, muy ricos. Ya que los dos reclamáis a la mujer, os enfrentaréis para conseguirla.

Hizo una seña con la cabeza y, antes de que Katrina pudiera protestar, se vio llevada a la fuerza por dos hombres armados de aspecto fiero.

Ansiosamente, se dio la vuelta justo a tiempo de ver que El Khalid sacaba la afilada daga de su cinturón y la arrojaba a los pies del jinete.

Katrina se quedó sin aliento al ver que él recogía el arma, y él y Sulimán comenzaban a hacer círculos enfrentados el uno al otro. Sulimán tenía una daga muy parecida en la mano, y de pronto atacó salvajemente a su adversario con ella. Los otros hombres hicieron un círculo alrededor de ellos.

Entre sus dos carceleros, Katrina sólo captaba breves imágenes de los dos hombres mientras luchaban.

No era que le gustara ver a dos hombres peleándose, pero en aquella ocasión tenía una buena razón para querer saber quién era el vencedor. Los dos oponentes, así como mantenían el pañuelo de la cabeza, se habían quitado las túnicas y peleaban a pecho descubierto y descalzos.

Había oscurecido, y se encendieron linternas para iluminar la escena, que a Katrina le parecía algo de otro mundo.

Las dagas destellaron al ser alzadas por ambas manos, y al enloquecedor sonido del combate le acompañaban los pisotones de los pies descalzos de los demás hombres sobre la arena.

Katrina escuchó un gemido de dolor y luego al resto de los hombres rugir aprobándolo. Por encima de sus cabezas, vio una mano sosteniendo una daga en alto, manchada de sangre. Sintió que se le revolvía el estómago. ¿Estaría herido de muerte el hombre de los ojos de ámbar? Era algo ridículo preocuparse por él, dado lo poco que sabía de él, pero, si le hubieran dado la oportunidad, se habría precipitado a su lado.

Escuchó otro gemido y otro rugido de aprobación, pero esa vez los hombres gritaban el nombre «Tuareg».

La pelea parecía prolongarse eternamente, y Katrina estaba poniéndose enferma ante tanta violencia y crueldad. Reconoció que no estaba preparada para que la violencia física le resultara aceptable. Su ansiedad inicial por ver lo que estaba sucediendo dio paso al alivio al ser apartada de contemplar un espectáculo tan espeluznante.

Por fin, pareció terminar, y los hombres gritaron alegremente mientras ella era conducida junto a El Khalid y los dos luchadores.

Sólo uno de los tres hombres llamó la atención de Katrina, y sintió el estómago revuelto entre las náuseas y un alivio culpable, mientras oía a la multitud gritar «Tuareg», y veía en las manos del jinete las dos dagas, mientras que su oponente se desplomaba desanimado junto a él.

Entonces el jinete se volvió hacia ella, y Katrina se quedó horrorizada al ver sus heridas sangrantes. Una le había rajado la piel perfecta de su mejilla, acercándose peligrosamente a su ojo, otra estaba justo encima de su corazón, y la sangre caía de una tercera en su bíceps.

Katrina empezó a sentirse mareada, pero ignoró la sensación y apartó la mirada del pecho cubierto de sudor que tenía delante. Sulimán, por el contrario, parecía no tener ninguna herida, lo cual dejó perpleja a Katrina, ya que el tuareg era obviamente el vencedor.

–Aquí tienes tu premio –escuchó que decía El Khalid al jinete–. Tómala.

¿Era su imaginación, o la leve inclinación de cabeza que hizo su captor hacia El Khalid era más cínica que respetuosa? Si así era, nadie más parecía haberse percatado de ello.

Él aún no había ni reconocido su presencia. Se giró hacia El Khalid y le devolvió la daga lanzándola a sus pies. Luego se agachó y recogió su túnica del suelo.

Con el rabillo del ojo, Katrina vio que Sulimán hacía el ademán de envainar su daga, pero, en lugar de hacerlo, se abalanzó violentamente sobre la espalda desprotegida del tuareg, con la daga en la mano.

Katrina oyó su propio grito de advertencia, pero algo más debía de haber alertado a su captor del peligro, porque se había dado la vuelta y, con un movimiento tan rápido que los ojos de Katrina no pudieron seguirlo, golpeó la mano de Sulimán, desarmándolo.

Inmediatamente, tres hombres sujetaron a Sulimán y se lo llevaron a rastras. Como si no hubiera sucedido nada fuera de lo normal, el tuareg recogió de nuevo la túnica y se la puso, y le hizo una brusca indicación con la cabeza para que lo siguiera.

–Ven –ordenó.

Daba unos pasos tan largos que ella tuvo dificultades para seguir su ritmo, pero cuando por fin se puso a su lado, él se detuvo y la miró.

–No caminarás a mi lado, sino detrás de mí –le ordenó, fríamente.

Katrina no podía creer lo que estaba escuchando. Los traumas que había soportado quedaron olvidados en la furia de aquel ultraje.

–No lo haré –se negó ella apasionadamente–. Yo no soy una... una posesión tuya. Y además, en Zurán los hombres caminan al lado de sus compañeras.

–Esto no es Zurán, es el desierto, y tú eres mía para hacer contigo lo que quiera, cuando y como quiera.

Sin darle la oportunidad a contestar, el hombre se giró y continuó caminando rápidamente hacia las tiendas de campaña, que estaban inteligentemente escondidas de la vista por unas rocas.

Varios fuegos ardían en un claro delante de las tiendas, y mujeres vestidas de negro removían cazuelas con comida humeante. El aroma de la comida hizo a Katrina darse cuenta de que hacía mucho tiempo que no comía, y su estómago rugió hambriento.

La tienda de su captor estaba separada de las demás.

Un vehículo bastante abollado estaba aparcado junto a ella, y detrás de él estaba atado su caballo, masticando felizmente algo de paja, mientras un niño lo vigilaba. Pero Katrina no tuvo tiempo de estudiar el entorno, ya que una mano en su espalda la impulsó al interior de la tienda.

Ella había visto tiendas parecidas en Zurán City, como parte de programas educativos, ¡pero nunca habría imaginado que estaría dentro de una de verdad! Varias lámparas de aceite iluminaban tenuemente el espacio principal de la tienda, una especie de salón, con alfombras ricamente confeccionadas y un tradicional diván. Había varios almohadones en el suelo y una mesita baja de madera con una cafetera.

De pronto, todos los acontecimientos del día la superaron y sus ojos se llenaron de lágrimas de agotamiento.

–¿Por qué lloras? ¿Es por tu amante? Dudo que él esté gastando ni una lágrima en ti, a juzgar por la velocidad con la que te ha abandonado.

Katrina se lo quedó mirando.

—¡Richard no es mi amante! Es un hombre casado...

—Si no es tu amante, ¿por qué iba a traerte a un lugar tan remoto? —replicó él, con una sonrisa cínica.

—No se lo permití. Él... él me obligó...

—¡Por supuesto que lo hizo! —exclamó él burlonamente.

Katrina elevó la cabeza y lo miró desafiante.

—¿Por qué finges ser un tuareg, cuando es obvio que no lo eres?

—¡Cállate! —le ordenó él furioso.

—No. No voy a callarme. Te recuerdo del callejón en Zurán City, aunque tú no me recuerdes.

Katrina ahogó un grito cuando él le tapó la boca con la mano. En sus ojos había un destello amenazador conforme se inclinó sobre ella y le dijo suavemente:

—Vas a estarte callada.

¡Katrina ya había tenido suficiente! Había sido secuestrada, acosada, amenazada, ¡y luego esto! Furiosa, mordió con fuerza la mano que le tapaba la boca.

—¡Mujer, eres una fiera! —rugió él, mientras observaba la sangre manando junto a su dedo pulgar—. ¡Pero no voy a consentirte que me contamines con tu veneno! Límpialo.

Katrina lo miró incrédula y sintió arder sus mejillas. Estaba conmocionada por lo que acababa de hacer. La furia y la indignación hicieron que todo su cuerpo se tensara. Y lo más sorprendente era que, en el fondo, era peligrosamente consciente de la sensualidad de sus pensamientos. ¿Unos pensamientos que eran reflejo de sus deseos secretos?, se preguntó, ¿deseos que ansiaba en secreto que se convirtieran en realidad?

¡Por supuesto que no! Sintiendo el aliento de él

contra su oreja, tomó la prenda que él le tendía, la sumergió en el cuenco con agua que había a su lado y lavó la herida.

Bruscamente, él la soltó y se apartó de ella.

–¡No! ¿Por qué iba a darte la oportunidad de causarme aún más daño? –comentó él con voz ronca y distorsionada.

–¿Por qué te comportas así? –preguntó ella, temblando–. ¿Quién eres? En el zoco parecías europeo.

–No sigas diciendo esas cosas. ¡No sabes nada de mí!

Katrina percibió el salvaje rechazo y la hostilidad de aquella voz.

–Sé que no eres un tuareg –insistió.

–Y si lo fuera, lo sabrías, claro –le provocó él, burlón.

–Sí, lo sabría –le aseguró ella con firmeza–. He estudiado la historia y la cultura de Zurán, y ningún tuareg auténtico se descubriría el rostro en público de la manera en que tú lo hiciste el otro día en el callejón...

Hubo un silencio de lo más revelador antes de que él hablara en un tono tranquilo pero amenazador.

–Si yo fuera tú, me olvidaría de Zurán City y de sus callejones.

Katrina inspiró profundamente y dejó salir el aire poco a poco.

–¿Y bien? ¿Vas a decirme quién eres?

Durante unos segundos, creyó que él no iba a responder. Y entonces él se encogió de hombros.

–Quién soy no importa. Pero lo que soy sí que importa. Aquellos que hemos jurado lealtad a El Khalid tenemos razones muy poderosas para haberlo hecho. Vivimos fuera de la ley, y harías bien en recordarlo.

–¿Eres un criminal? –supuso ella–. ¿Un fugitivo?

–Haces demasiadas preguntas y, te lo aseguro, no te gustaría saber quién ni qué soy en realidad.

A Katrina le costó trabajo no sentir escalofríos ante aquellas palabras amenazadoras.

–Bueno, pues al menos dime cómo quieres que te llame. No puedes querer en serio que te llamen «Tuareg». ¡Yo desde luego no querría que me llamaran «Inglesa»!

Para su asombro, él rio.

–Muy bien. Puedes llamarme...

Xander se detuvo. No podía darle su auténtico nombre, Allessandro, era demasiado reconocible. En el campamento rebelde, donde la identidad legítima de cada hombre se respetaba como un asunto privado de cada cual, él era conocido sólo por «Tuareg», y se había puesto el apellido común de Bin Sadeen. Pero «Tuareg» no era el nombre que quería escuchar de labios de aquella mujer, aunque no quería analizar por qué.

–Puedes llamarme Xander –se oyó a sí mismo decirle a ella.

Xander era una versión más corta de su nombre. Sólo la usaban los más cercanos a él, su medio hermano y su cuñada, así que nadie más lo reconocería.

–¿Xander? –preguntó ella, frunciendo el ceño–. Es raro. No lo había oído nunca.

–Lo eligió mi madre –explicó él secamente–. ¿Y cómo quieres que te llame yo?

–Me llamo Katrina Blake –le informó, y dudó antes de encontrar el coraje para continuar–. ¿Cuándo... cuándo podré regresar a Zurán City?

–No lo sé. El Khalid ha dado orden de que nadie abandone el campamento sin su permiso.

Por un instante, Katrina se sintió tentada de preguntarle qué les había llevado a instalarse en el oasis, pero por precaución decidió no hacerlo.

–Muy sabio por tu parte –le dijo él fríamente, como si hubiera adivinado lo que ella estaba pensando, y a continuación le ordenó–: Quédate aquí. No salgas de la tienda.

–¿Adónde vas? –inquirió Katrina como loca, conforme él comenzó a alejarse de ella.

Él se dio la vuelta y habló suavemente.

–Voy a mi dormitorio, a quitarme esta ropa sucia.

Ella sintió que se ruborizaba.

–¡Oh, tus cortes! –recordó, sintiéndose culpable–. ¿No deberías cuidártelos?

Él se encogió de hombros sin darle importancia.

–Sólo son unos rasguños, y se curarán rápidamente.

Katrina recordó algo de pronto.

–¿Por qué Sulimán ha perdido la pelea, cuando has sido tú el que ha resultado herido? –le preguntó, curiosa.

–No se trata de cortar en rodajas al oponente, sino de desarmarlo –respondió él sin ningún apasionamiento.

Se giró, y ella miró hacia la salida.

–Hay trescientos kilómetros de desierto entre este lugar y Zurán City.

Esas palabras tan objetivas hicieron que un estremecimiento de hostilidad y desesperación le recorriera el cuerpo. El desierto era una cárcel muy especial, un guarda diseñado por la Naturaleza para evitar que ella se escapara, y él lo sabía. ¿Sabría también lo asustada que se había sentido cuando Sulimán la había reclamado como su trofeo? ¿O su alivio cuando él había aparecido? ¿Sabría lo complejas y perturbadoras que eran sus emociones? Frunció los labios. ¡Esperaba que no! Él estaba haciendo que se sintiera muy vulnerable emocionalmente. Se giró hacia él y le hizo frente.

–No te saldrás con la tuya. Richard telefoneará a las autoridades, y...

–Estamos en una zona deshabitada del desierto, más allá del alcance tanto de tu amante como de las autoridades –replicó él gélidamente.

–Richard es mi jefe, no mi amante –repitió ella, sintiendo que las mejillas le ardían ante la forma como él la miraba.

–¿Y por qué otra razón ibais a presentaros en el oasis, juntos y sin nadie más? Aunque no me sorprende que quieras negar tu relación con él después de la forma en que te ha abandonado. Aquí en el desierto guiamos nuestro comportamiento por nuestra relación con las mujeres, sobre todo si están unidas a algún hombre, comprometidas emocionalmente con él. Pero tu cultura no considera que eso sea algo importante, ¿verdad? Yo preferiría rajarme el corazón antes que abandonar a la mujer que lo poseyera, por mucha situación de peligro que se diera.

Las intensas e íntimas imágenes que sus palabras estaban conjurando en la mente de Katrina le recordaban sus sueños más privados y secretos. ¿Acaso ella no había ansiado siempre un hombre y un amor como aquellos, aunque se decía a sí misma que quería algo que no existía? ¿Acaso no había tenido que obligarse a sí misma a dejar de lado esa estupidez y concentrarse en la realidad de la vida?

Tragó saliva con fuerza para intentar disolver la bola que tenía en la garganta y se dio la vuelta.

–Vete si quieres –escuchó que decía él, sin darle

importancia–. Si Sulimán no te atrapa, el desierto seguro que lo hará.

Katrina no respondió, porque reconoció que él decía la verdad.

Aunque estaba de espaldas a él, supo exactamente cuándo se había metido en la zona del dormitorio.

La ola de adrenalina que le había dado el valor de hablar de forma tan desafiante con él se había esfumado, y se sentía débil y temblorosa. Reconoció que la tienda y su propietario no sólo eran su prisión y su carcelero, sino también su lugar seguro y su protector.

¡Pero no debía olvidarse de quién era él! Era su captor, y no podía permitirse depender emocionalmente de él.

Paseó nerviosa por la suave alfombra de la zona común, sintiéndose cada vez más enferma, tensándose ante cada sonido extraño, y le pilló desprevenida cuando se giró y vio a Xander de pie observándola.

Llevaba una túnica blanca impoluta que aún se estaba atando, y estaba descalzo y con la cabeza al descubierto. A la luz de las lámparas, Katrina percibió el brillo dorado de su pecho.

Un sentimiento incontrolable explotó en su interior, causándole un deseo tan íntimo y potente que tuvo que tomar aire para no desmayarse.

Él tenía el pelo mojado y olía a piel limpia y al sutil aroma de la colonia que empezaba a asociar con él.

Estaba logrando que se sintiera incómoda y muy consciente de la diferencia entre su aspecto limpio y fresco y su propia sensación de estar pegajosa. Pero no sólo se sentía incómoda por eso. Intentó apartar desesperadamente su traicionera mirada de las manos que ataban la túnica.

En un intento por ocultar lo que sentía, preguntó bruscamente:

–¿Cuánto tiempo planeas tenerme aquí?

–¡Todo lo que sea necesario! –respondió él con arrogancia.

–¿Y... y qué vas a hacer? –insistió ella, intentando que no se notara su nerviosismo–. ¿Cómo vas a hacer que la expedición sepa...?

–¡Haces demasiadas preguntas! Yo en tu caso me preocuparía más por preguntarme si tus amigos estarán dispuestos a pagar por tu libertad y a qué precio.

Katrina se sintió invadida por el pánico, pero se negó a rendirse ante él. La muerte de sus padres la había obligado a confiar en sí misma desde muy joven, cuando le tocaba afrontar las realidades desagradables.

Y en aquel momento había una pregunta muy desagradable que necesitaba contestación. Se humedeció los labios y preguntó con voz ronca:

–¿Y si... y si no pueden pagar el rescate?

–Entonces llevaré mi mercancía a un mercado más amplio. Mucha gente pagaría mucho dinero por una mujer joven y hermosa.

Katrina lo miró perpleja. No podía estar hablando en serio, ¿verdad?

Sin decir nada más, él se enrolló el pañuelo al modo tuareg, se calzó unas sandalias y, apartando la pesada cortina, salió de la tienda.

¡Se había quedado sola! Pero no tenía más opción que esperar a que él regresara e hiciera con ella lo que quisiera.

¿Y si él la encontraba deseable? El corazón se le aceleró y le inundó una peligrosa sensación de excitación.

Las actividades deshonestas de él debían de dejarle buenos beneficios, pensó ella con cinismo. Al menos, eso indicaba el interior de la tienda y sus adornos. Las alfombras que había por el suelo y las «paredes» estaban finamente confeccionadas y eran de una calidad muy superior a la que ella había visto en las tiendas. Tocó una tímidamente, y era tan suave y cálida como si fuera algo vivo. Si cerraba los ojos, casi podía imaginar...

Sonrojándose, retiró bruscamente la mano de la alfombra, como si le quemara. El diván estaba tapizado con una tela oscura y suave, y estaba repleto de cojines. Las lámparas de aceite provocaban misteriosas sombras que aumentaban la sensualidad de los tejidos y materiales. Un instrumento parecido a un laúd estaba en el suelo junto al diván, y detrás de él vio una pila de libros encuadernados en cuero.

Automáticamente se acercó a ellos y tomó uno entre sus manos. El título estaba escrito con pan de oro: *El Rubaiyat de Omar Khayyam*... Un libro de poesía. Parecía fuera de lugar. Katrina dejó el libro en su sitio y se sentó en uno de los cojines. Aún le dolía la cabeza, y estaba agotada tanto física como emocionalmente. Cerró los ojos.

Xander regresó a su tienda meditabundo, deteniéndose antes de entrar junto a su yegua, que acercó su hocico cariñosamente al brazo de él.

El desafío de Katrina acerca de que él no era un tuareg le había dejado alterado. Su madre había sido amada y respetada por toda la familia de él, excepto Nazir y su padre. Y, según su medio hermano el Soberano, su madre había aceptado feliz la forma de vida de su marido. Amaba el desierto y a sus gentes, pero no era hija del desierto, como él tampoco lo era. Su padre había decidido educarlo en Europa para que experimentara su herencia cultural y para cumplir la promesa hecha a su madre en su lecho de muerte. Pero Xander nunca olvidaría una conversación que había escuchado por casualidad, entre su padre y un diplomático británico:

—El asunto es que el muchacho no es ni una cosa ni otra... —había comentado este.

El diplomático tenía razón, reconoció él en aquel momento. Mientras que la mayor parte de él siempre pertenecería al desierto, había otra parte de él que se activaba cuando estaba inmerso en las labores diplomáticas en Washington, Londres y París, promocionando Zurán. No se sentía europeo, pero tampoco completamente zuraní.

Por eso, junto con la pérdida de su madre, le pesaba en su interior un sentimiento de soledad.

De alguna forma, Katrina había agrietado sus defensas y había tocado algo oculto en lo más profundo de su alma. ¡Y por eso quería que ella saliera de su vida!

De pequeño, había vivido su herencia con confusión y ansiedad, pero como adulto había aprendido que la mezcla era positiva y que podía usarla para beneficiar a otros.

Con el apoyo de su medio hermano, trabajaba sin descanso para mejorar las relaciones entre su país y el resto del mundo, y su labor había sido reconocida al ser nombrado enviado especial de Zurán.

En aquel momento, se sentía más alterado que tranquilo, ¡y todo se debía a Katrina Blake! De todo lo que había previsto que podía complicar sus planes cuidadosamente pensados, la inesperada e indeseada presencia de aquella mujer era lo último que hubiera esperado, ¡y lo último para lo que estaba preparado! Ella era un peligro, tanto para sí misma como para él. Lo normal hubiera sido que estuviera aterrada ante la inusual situación, no que lo bombardeara con preguntas. Y desde luego, no que hiciera públicos sus comentarios y opiniones acerca de él. ¡Podía arruinarlo todo, su misión secreta tan cuidadosamente planeada! Si El Khalid no hubiera ordenado que nadie abandonara el campamento, la habría devuelto a su gente y hubiera regresado a hacer lo que había ido a hacer allí...

Debería haberla entregado a su suerte y a Sulimán, decidió amargamente. Desde luego, ella tenía valor. Y una boca que olía a rosas y sabía a almendras con miel. Y su cuerpo era como el de una gacela, y sus ojos...

Recuperó el control de sus pensamientos. Su cuñada le había presentado innumerables jóvenes que podían convertirse en sus esposas, pero ninguna le había interesado. Eran demasiado dulces, demasiado dóciles, les faltaba brío. Él quería la orgullosa independencia, lo salvaje del halcón hembra, que sólo se dejaba domesticar por un solo hombre, y sólo bajo sus propias condiciones...

Una mujer que se derretiría en sus brazos con una pasión salvaje y dulce a la vez, que se entregaría a él en cuerpo y alma y le exigiría a él lo mismo. Una mujer que correría a su lado por la arena del desierto y, con la cabeza apoyada en su regazo, le escucharía tocar música y leerle los más bellos poemas de amor.

Él había decidido hacía tiempo que esa mujer no

existía fuera de su imaginación. Katrina Blake no era esa mujer, se dijo ferozmente.

¿Por qué estaba malgastando su tiempo y su energía pensando en ella, cuando debería centrarse en asuntos mucho más importantes? Estaba seguro de que el personaje importante al que se refería El Khalid tenía que ser Nazir, aunque no había querido insistir en sus preguntas para no levantar sospechas.

El olor de la comida recién cocinada le recordó que no había comido nada. Se acercó al fuego comunitario y se sirvió un plato de cordero.

Capítulo 3

LO PRIMERO que Xander vio cuando levantó la cortina y entró en su tienda fue a Katrina profundamente dormida sobre un cojín. Tenía el rostro pálido de agotamiento, y sus pestañas, largas y curvadas, resaltaban contra su piel.

Xander frunció el ceño. De la coleta de ella habían escapado algunos mechones, que le caían sobre el cuello. Aquel color tan hermoso de su pelo no podía ser natural, sin duda era tan falso como el resto de ella, empezando por la mentira de que había llegado al oasis a la fuerza.

La observó atentamente. Si continuaba durmiendo en aquella postura, se levantaría dolorida. Xander dejó la comida a un lado y se agachó junto a ella.

La camiseta de manga corta que llevaba revelaba las curvas redondeadas de sus senos. Xander sintió que el estómago se le contraía, y el esfuerzo que tuvo que hacer por contener la poderosa reacción de su cuerpo lo dejó casi sin aliento.

Había visto a muchas jóvenes vestidas de forma mucho más sugerente y provocadora sin que le provocaran ninguna reacción sexual, y le perturbaba y enfurecía al mismo tiempo haberse excitado tan profunda y rápidamente con una mujer a la que no debía permitirse reaccionar. Ella era la amante de otro hombre, un hombre casado además, se recordó a sí mismo.

La miró pensativo. Su mente rechazaba el mensaje que enviaba su cuerpo, la urgencia de subirla en brazos y llevarla a la intimidad de su dormitorio.

Ella se movió y un espeso mechón de pelo le cayó sobre la cara, haciéndole fruncir el ceño en sueños. Automáticamente, él le apartó el mechón de la cara.

Katrina abrió los ojos bruscamente, con el corazón latiéndole como loco al encontrarse con aquella mirada de depredador. Se quedó inmóvil y vulnerable ante él, entreabriendo los labios para recuperar el aliento.

Las yemas de los dedos de él rozaron su mejilla, cuatro puntos que le provocaban tanto placer que le hacían temblar. Abrió mucho los ojos, reconociendo la masculinidad de aquel extraño.

Entonces él apartó la mano de su rostro, y ella vio el brillo oscuro y peligroso en su mirada, antes de que él lograra ocultarlo.

—Te he traído algo de comer —le anunció él secamente.

Katrina podía olerlo, y el estómago le rugió hambriento, pero frunció los labios y sacudió la cabeza.

—No tengo hambre —mintió.

Él la miró con el ceño fruncido.

—Mentirosa —la acusó, fríamente—. ¿Qué sucede? ¿Nuestra comida no es suficientemente buena para ti?

—¡No es eso! Richard...

—¿Richard? ¿Te refieres a tu amante?

—Él no es mi amante. Quería serlo, pero yo no... Me engañó y... me drogó...

—¿Te drogó? ¿Y crees que yo haría lo mismo? —preguntó él, enfureciéndose—. ¿Por qué iba a querer hacerlo?

Katrina no contestó.

—¿De veras crees que te drogaría para tener sexo contigo? —insistió él.

Katrina enrojeció.

—¡Aunque así fuera! ¿No es costumbre de los hombres del desierto comer antes que sus mujeres?

—¿Sus mujeres? Tú no eres mi mujer, ¿no? —le recordó él suavemente—. Y también tenemos la costumbre de que los invitados coman primero.

—Pero yo no soy tu invitada —replicó Katrina tajante—. ¡Soy tu prisionera!

Xander agarró el plato de cordero asado, se sentó con las piernas cruzadas en el diván y comenzó a comer, ayudándose con el pan.

Katrina sintió que la boca se le había agua. El hambre la estaba debilitando.

—Cuéntame más sobre ese amante tuyo, ese Richard...

—¡No es mi amante! —negó ella furiosa—. Ya te lo he dicho.

—Pero accediste a acompañarlo al desierto, los dos solos...

—¡No! Éramos una expedición, un grupo. Estamos catalogando la flora y fauna de la zona. Richard me engañó para que fuera con él en el coche, y entonces...

Tuvo que detenerse, sus emociones amenazaban con abrumarla.

—Cuando me di cuenta de lo que había planeado, era demasiado tarde —continuó—. Al llegar al oasis, creí que podría distraerlo y escapar.

—¿Distraerlo? ¿De qué manera? Ya me lo imagino. Sólo hay un método absolutamente eficaz para que una mujer distraiga a un hombre.

¡Katrina ya tenía suficiente!

—¡Eres tan malo como Richard! Mira, piensa lo que quieras, no me importa.

—Ni a mí. Al menos no tu historial sexual. Lo que sí me importa es el dinero que representas para mí —dijo él, poniéndose en pie y acercándose decidido a ella.

Katrina sintió un escalofrío de temor. Miró hacia la puerta, pero él se interponía en su camino.

—Toma —le dijo secamente, alargándole un cuenco con comida—. No está drogado. ¡Y ahora, siéntate y come!

El alivio la inundó. ¡Parecía que, después de todo, su captor tenía un lado amable y compasivo!

El asado estaba tan bueno como parecía, y cuando lo terminó, Xander le dijo fríamente:

—Tengo que discutir algunos asuntos con El Khalid y quiero ver un rato a mi yegua, pero primero te enseñaré dónde vas a dormir.

Katrina estaba tan agotada que le costaba mantener los ojos abiertos, y siguió a Xander al compartimiento más privado de la tienda. Necesitó varios segundos para que sus ojos se ajustaran a la semioscuridad de la estancia.

—Por ahí encontrarás una ducha y...

—¡Una ducha!

Su voz reveló tanto su sorpresa como su alivio. La idea del agua sobre su piel polvorienta era una perspectiva maravillosa, pero no la distrajo de la visión de la enorme cama, ¡la cama de su captor!

Antes de que se diera cuenta, él había desaparecido sin decir nada, dejándola sola en la estancia. Cautelosamente, Katrina comenzó a investigar el entorno. La cama era suficientemente grande para dos personas, y la ducha y el retrete portátiles, en un habitáculo separado de la tienda, eran simples pero estaban limpios, lo que le hizo exhalar un gozoso suspiro de alivio.

Se duchó rápidamente y se secó con una de las esponjosas toallas apiladas junto a la ducha. ¿Cómo había conseguido él algo tan lujoso? ¿Las habría robado? Le costaba ignorar su malestar al usarlas, pero no tenía otra alternativa, se dijo a sí misma, mientras lavaba su ropa interior y su camiseta.

Cuando hubo terminado, la única energía que le quedaba la empleó en llegar hasta la cama y tumbarse, aún envuelta con la toalla.

Todos los renegados que se habían asociado con El Khalid esperaban a que comenzara la reunión de aquella noche. Xander encontró un hueco y se sentó entre ellos.

–Llegas tarde, Tuareg –comentó uno.

–Seguramente estaba demasiado ocupado disfrutando de su premio –apuntó otro con ordinariez, y le advirtió–: Será mejor que estés alerta, Tuareg. Sulimán va por ahí diciendo que la muchacha es suya y que quiere que vuelva.

Xander se encogió de hombros, quitándole importancia.

–Sulimán puede amenazarme todo lo que quiera, la chica se queda conmigo.

Entonces todos enmudecieron, porque El Khalid había salido del interior de su tienda, flanqueado por sus guardaespaldas.

Dos horas más tarde, aunque el líder de los rebeldes había contestado a muchas preguntas, aún no les había informado de la identidad del hombre misterioso que iba a reunirse con ellos, y Xander sospechaba que ni siquiera conocía la verdadera identidad de Nazir.

Era más de medianoche cuando la reunión terminó, y Xander regresó lentamente a su tienda, deteniéndose antes a comprobar cómo estaban su yegua y el niño que la cuidaba.

El niño era un huérfano que se había unido al campamento de El Khalid. Cuando todo aquello terminara, Xander le pediría a su medio hermano que le diera cama, educación y un trabajo en sus establos.

Una vez dentro de su tienda, encendió su teléfono móvil y marcó el número privado del jeque, vigilando que nadie lo descubriera.

En cuanto su hermano respondió al teléfono, le contó todo lo que había sucedido, con un código secreto que habían creado entre los dos.

—Supongo que te habrán informado del secuestro de una joven británica, miembro de una expedición científica —añadió con cautela.

—Sí, me han comentado el incidente —respondió el soberano con igual cautela—. El jefe de la expedición nos ha informado de que sucedió en el desierto a unos cincuenta kilómetros al este de la ciudad, y se ha organizado una búsqueda por esa zona para mañana.

Xander frunció el ceño. El oasis estaba a más de trescientos kilómetros del norte de la ciudad, lo que significaba que Richard había mentido respecto a dónde estaban Katrina y él cuando ella había sido «secuestrada».

—La chica está a salvo, y no gracias a quien la puso en peligro. Y yo voy a asegurarme de que sigue así —afirmó Xander, antes de colgar.

Tal vez Richard deseara a Katrina, pero desde luego no la amaba, decidió Xander con desprecio. Su hostilidad hacia aquel hombre crecía a cada momento, pero seguía sin creerse la historia de que había engañado a Katrina para que lo acompañara. Ella no era ninguna muchacha inocente e inexperimentada, sino una mujer joven e independiente que sin duda había perdido la cuenta de los hombres que habían compartido su cama.

Pero no por eso merecía el destino que le hubiera correspondido si Sulimán se hubiera quedado con ella. No sólo tenía fama de que le gustaban las jovencitas, además se sabía que las maltrataba...

Xander frunció los labios. De acuerdo, ella era una complicación no deseada, pero de ninguna forma podía abandonarla en brazos de Sulimán. Era una extranjera en su país, y además una mujer, y él tenía el deber moral de protegerla.

Su medio hermano le había contado por teléfono que Nazir había anunciado que iba a estar fuera del país durante unas semanas. Ambos estaban de acuerdo en que era una coartada que le permitiría reunirse con El Khalid y conspirar contra el soberano sin levantar sospechas hacia su persona.

Como los hijos del soberano aún eran menores de edad, cuando Nazir lo hubiera derrocado seguramente se ofrecería como regente. Por eso, no quería que el Consejo de Gobierno sospechara que él estaba detrás de todo.

Mientras se dirigía a su dormitorio, Xander se fue quitando el pañuelo índigo de la cabeza. Katrina había tenido razón al acusarlo de no ser un auténtico tuareg, aunque sí que llevaba algo de sangre de la tribu.

Katrina, un nombre melodioso. Un poeta, un amante, podrían usarlo para escribir su amor por ella. ¿Un poeta? ¿Un amante? Mucho tiempo atrás, cuando él era un adolescente, tal vez creyera que tenía alma de poeta, pero ciertamente no lo era. Y no quería serlo. ¿O sí?

Entró en la estancia y se dirigió a la cama, pero se detuvo al ver a Katrina tumbada sobre ella. Su cabeza descansaba sobre uno de los cojines enfundados en seda. Su cuerpo estaba envuelto en una toalla que revelaba más que ocultaba, dejando a la vista sus piernas largas y delgadas, su piel perfecta y sus finos tobillos. Le pareció más una niña que una mujer, al menos hasta que se acercó más a ella y vio la curva de sus senos y sus pezones rosados.

Una sensación de deseo y urgencia, que intentó reprimir, explotó en su interior, amenazándolo con romper su autocontrol.

Si la tocaba en aquel momento no sería mejor que Sulimán, se advirtió a sí mismo, mientras se obligaba a pasar de largo y a darse una ducha.

Le llevó más tiempo del que quiso lograr que su erección se calmara. Aún pensaba en ello y en Katrina cuando pasó a su lado sin mirarla.

En la oscuridad de la noche en el desierto, un caballo relinchó y despertó a Katrina.

Al principio, se sintió confundida ante el entorno extraño, pero no tardó en recordar dónde estaba y por qué.

La noche era fría, y buscó en la cama algo más que la toalla para taparse. Frunció ligeramente el ceño mientras miraba su reloj. Eran las tres de la madrugada y la cama estaba sin deshacer. Por lo que parecía, también estaba sola en el dormitorio.

No era decepción lo que sentía, ¿verdad? No después de todos sus sueños de «el hombre», su hombre, su alma gemela... el único hombre a quien le entregaría lo más íntimo de sí. Su primer y último amor.

¡Xander no era ese hombre!, se dijo a sí misma.

El hombre con el que ella soñaba era noble, tanto de espíritu como de obras, y Xander no lo era. No podía respetarlo, ni confiar en él, y desde luego no podía amarlo, ¿verdad que no?

Tal vez no, ¡pero desde luego lo deseaba! A Katrina le costaba aceptar sus propios sentimientos. La conmoción luchaba con el deseo, la ira con la necesidad, la cautela con la urgencia, y el orgullo con una pasión salvaje.

Aquello no podía ser. Ella no podía... no debía sentir eso.

Se levantó de la cama, sin importarle su desnudez ni el aire frío, mientras su cuerpo y su mente peleaban uno contra otro.

¿Qué haría si él entraba de repente y la reclamaba? ¿Qué otra cosa iba a querer de ella si no? ¿Cómo se sentiría ella si él la tocaba con sus manos delgadas, si sus dedos la recorrían, la exploraban, acariciaban sus senos, y luego bajaban hasta su vientre y más abajo? Un estremecimiento de placer recorrió su cuerpo.

¿Cómo se permitía pensar en aquellos términos? Ella siempre había creído que primero amaría al hombre y luego sentiría deseo hacia él, que el encuentro de valores morales e intelectuales sería el preludio a la excitación emocional y física.

Nada en Xander ni en su forma de vida podía compararse a sus propias creencias y valores. Él era un mentiroso y seguramente un criminal, un hombre que siempre ponía sus necesidades por delante. ¿Cómo era posible que ella lo deseara?

Necesitaba un poco de aire fresco para aclarar su mente. Se envolvió firmemente la toalla alrededor del cuerpo y salió titubeante hacia la parte común de la tienda.

Xander se había despertado en cuanto oyó que Katrina se movía. Al verla dirigirse hacia la salida, apartó su improvisada manta y salió tras ella.

Katrina estaba apartando la cortina que hacía de puerta, cuando sintió que Xander la agarraba del brazo.

—¿Vas a algún lado? —le preguntó él suavemente.

Katrina entró en pánico y trató de soltarse.

—Déjame —pidió ferozmente.

Aquella reacción encendió de nuevo la excitación que Xander casi había logrado calmar del todo.

En lugar de soltarla, la agarró con más fuerza y acercó su cuerpo al de ella. Luego inclinó la cabeza con un movimiento rápido e implacable, como el halcón del desierto, y cubrió la boca de ella con la suya antes de que ella pudiera gritar pidiendo socorro.

Pero no deseaba pedir socorro, reconoció Katrina, mientras su boca correspondía a la urgencia de él, entreabriendo los labios a su lengua. El deseo ardía en su interior, derritiendo cualquier resistencia que hubiera almacenado, mientras sus lenguas se entrelazaban y peleaban por la dulce intimidad de su ansiedad compartida. Katrina sintió que la toalla se soltaba de su cuerpo y experimentó un tremendo placer, porque la bata que él llevaba estaba abierta mostrando su desnudez.

El placer de sus lenguas entrechocando fue como una sombra de lo que experimentó al sentir todo el cuerpo de él contra el suyo. Su piel, su carne, y su ser interno estaban tan encendidos que se apretó aún más contra él, como si fuera una droga. ¿Acaso la ansiedad que sentía hacia Xander llegaría un día a destruirla, como toda droga?

Con un grito de disgusto, se apartó de él, agarró la toalla y se escondió en la cámara interior.

¿La seguiría él? Y, si lo hacía, ¿sería ella lo suficientemente fuerte como para negarle a su cuerpo lo que tanto ansiaba? Inspiró profundamente y retuvo el aire, mirando nerviosa la cortina que hacía las veces de puerta, y esperó...

Pero Xander no apareció.

Cuando comenzó a dejar salir el aire de sus pulmones, se dijo que se alegraba de que Xander no hubiera ido a buscarla.

Al otro lado de la cortina, Xander pensó que Katrina se le había adelantado al rechazarlo por un segundo. Y, por segunda vez en menos de doce horas, tuvo que esperar más de lo que hubiera querido a que el deseo que sentía hacia ella descendiera a un nivel soportable.

Capítulo 4

KATRINA frunció el ceño de concentración mientras hacía un esbozo de la planta que estaba estudiando.

Había decidido que, ya que no podía abandonar el oasis, aprovecharía el tiempo. Xander, aunque al principio no le había gustado su petición de papel y accesorios para escribir, se lo había dado, además de un taburete para sentarse mientras trabajaba.

Habían pasado tres días desde su secuestro, y casi tres noches desde... Katrina intentó concentrarse de nuevo en la planta pero, aunque era fascinante, no lo era tanto como Xander.

Un movimiento llamó su atención y, al levantar la vista, vio a Sulimán observándola. Un escalofrío de temor le recorrió la espalda, pero decidió ignorar su presencia y no mostrarle lo nerviosa y vulnerable que le estaba haciendo sentir.

No era la primera vez que lo sorprendía mirándola fijamente, concentrado en ella. Katrina deseó tener la protección de las túnicas y los velos negros tradicionales, como los que llevaban las mujeres del campamento, en lugar de su camiseta y sus vaqueros.

Intentó continuar el esbozo, pero le fue imposible. Cada segundo que pasaba estaba más nerviosa, y al final tuvo que admitir que sus esfuerzos por ignorarlo no funcionaban. Se sentía demasiado incómoda para seguir allí.

Dándole la espalda, comenzó a recoger sus cosas tan rápido como pudo, mientras el sol comenzaba a ponerse en el horizonte.

Al poco, mientras se dirigía hacia la tienda de Xander, Sulimán desapareció entre las sombras. Katrina había percibido la tensión creciente que cada día más iba apoderándose del campamento, una combinación de expectación junto con algo más oscuro y más peligroso. Se estremeció. Estaba viviendo entre criminales, se recordó, hombres que habían sido apartados de la sociedad por lo que habían hecho. Y Xander era uno de ellos, no debía olvidarlo.

Sintió una mano sobre su hombro y ahogó un grito. Sulimán estaba junto a ella, comiéndosela con los ojos de la manera más lasciva y desagradable.

Katrina se apartó de él y comenzó a caminar tan rápido como pudo hacia la tienda de Xander, hasta que el miedo la hizo correr.

−¡Katrina!

Se detuvo en seco al ver a Xander delante de ella, mirándola con el ceño fruncido. No estaba solo: El Khalid y otros hombres estaban con él.

−−Tuareg. La mujer. ¿Cuánto quieres por ella? −oyó que preguntaba Sulimán.

La conmoción y el miedo le paralizaron la sangre en las venas a Katrina. ¿Sulimán estaba diciéndole a Xander que quería comprársela? Aquello no podía estar sucediendo, pensó horrorizada. Pero era real.

Xander no parecía tener prisa por responder. ¿Acaso estaba sopesando cuánto podía obtener por ella? A lo mejor le salía más rentable vendérsela a Sulimán en aquel momento que mantenerla hasta que pudiera cobrar el rescate al regresar a la capital.

Katrina sintió que la observaba. Sus ojos se encontraron, y ella dejó a un lado su orgullo y le rogó con la mirada que no la vendiera a aquel hombre.

–Ella no está en venta.

Aquellas palabras, dichas en un tono plano, llenaron los ojos de ella de lágrimas. Sin esperar a que él le hiciera ninguna señal, corrió a su lado, aliviada.

Pero en seguida descubrió que su alivio había sido prematuro.

–La quiero –afirmó Sulimán enfadado–. Te daré el doble de lo que pides como rescate, Tuareg. ¿No es ésa una oferta justa, El Khalid?

El Khalid miraba alternativamente a Sulimán y a Xander.

–La oferta es justa, Tuareg. No quiero que mis hombres estén enfrentados. Es mi deseo que dejes que Sulimán se la quede.

Katrina creyó que iba a enfermar allí mismo, de angustia y miedo.

Sulimán estaba caminando hacia ellos, y Katrina se escondió detrás de Xander, emitiendo un sonido de angustia.

Xander era consciente de que no podía permitir que Sulimán se la llevara y que tenía que hacer algo para protegerla. Pero sólo se le ocurría una cosa para salvarla.

–Te pido mil disculpas, El Khalid, pero no puedo hacer lo que me pides –se apresuró a protestar.

–¿Cómo dices?

El Khalid estaba furioso. Sus dos guardaespaldas se llevaron la mano a las dagas sujetas en su cinturón.

Katrina no se sintió capaz de mirar a Xander. Sabía que él tendría que entregarla.

–He decidido que esta mujer sea mi esposa –anunció entonces Xander con calma.

Se produjo un breve silencio. Katrina temblaba violentamente. Sabía que Xander no lo decía en serio, sólo lo hacía para protegerla en aquel momento. Una mujer prometida a un hombre, automáticamente quedaba fuera del alcance de los demás. Pero aun así...

–Está mintiendo. ¡No lo escuches! –gritó iracundo Sulimán.

Katrina vio que El Khalid miraba el rostro desencajado de Sulimán y luego el de Xander, frío e implacable.

–Quiero que esto termine. Tenemos asuntos importantes que atender, y no quiero discordia entre mis hombres. Tuareg, has dicho que quieres a esa mujer como tu esposa, y así será. Los dos os presentaréis ante mí esta noche. Y a ti, Sulimán, no tengo que recordarte el castigo por acercarte a la mujer de otro hombre, ¿verdad?

Mientras se daba la vuelta para marcharse, El Khalid miró a Xander y añadió:

–Tenéis dos horas para prepararos para vuestra boda.

Katrina y Xander se quedaron solos entre las sombras de las tiendas. La noche se cernía sobre ellos, pero Katrina podía ver el rostro de él a la luz de las estrellas.

–¿A qué... a qué se refiere El Khalid con lo de la boda? –preguntó Katrina, abrumada por las emociones.

–Se refiere exactamente a lo que ha dicho –le explicó él fríamente–. Que tenemos dos horas para prepararnos para nuestra boda.

La conmoción y la incredulidad la paralizaron. Aquello no podía estar sucediendo.

–Creí que en Zurán los preparativos de una boda llevaban semanas –se escuchó a sí misma protestar–. Y la boda... creí que duraba varios días, y...

–Normalmente es así, pero existe una versión mucho más rápida, creada para circunstancias como estas. Sólo se requieren dos cosas, una de ellas es que nos presentemos ante El Khalid y declaremos que queremos casarnos. La otra...

–¿Pero cómo vamos a casarnos? –preguntó ella como atontada.

–Muy fácil. Por tradición, como líder de sus hombres, El Khalid tiene autoridad para celebrar la ceremonia. Claro que, si prefieres que te entregue a Sulimán...

–¡No! –se apresuró a exclamar ella–. Pero no puedes querer casarte conmigo.

–Y no quiero –reconoció él–. Pero incluso los ladrones tenemos nuestro honor, y he oído cosas de Sulimán que no me dejarían dormir tranquilo si permito que él te compre.

–¡Que me compre! Soy un ser humano, ¡no una posesión! –protestó ella furiosa.

Él la agarró por el brazo y lo agitó ligeramente como advertencia.

–Bonitas palabras, pero aquí no significan nada. Esto no es Europa, ni siquiera Zurán... El desierto es un duro maestro, y aquellos que habitan en él viven según su dura ley... o mueren.

Hubo algo en las palabras que él escogió, en la

forma en que la miraba, que le provocó un escalofrío de terror. De pronto, los temores y las sospechas que había intentado ignorar la abrumaron.

–¿Qué diablos estáis haciendo aquí? ¿Qué estáis tramando? –preguntó, presa del pánico–. Planeáis algo, lo sé, y debe de ser algo atroz.

–¡Silencio!

La feroz orden, acompañada de una sacudida aún más feroz, le hicieron temblar de la cabeza a los pies, pero de ira, no de miedo, y Katrina lo miró furiosa.

–¡Si en algo valoras tu vida, no repetirás esas palabras! –le advirtió él con gravedad.

Katrina se mordió el labio inferior para detener el temblor de su boca.

–Si acepto llevar a cabo este... matrimonio, ¡quiero que me asegures que no será una boda real!

–¿A qué te refieres con una boda «real»? A los ojos de El Khalid y del resto de los hombres, desde luego que será una boda auténtica. ¿O me estás preguntando si tengo intención de acostarme contigo, como marca la tradición que sucede la noche de la bodas? Aunque lo hiciera, no sería capaz de demostrar que has llegado a mí con tu virtud intacta, mostrando una sábana manchada de sangre para que la inspeccionara la tribu, ¿a que no?

–¡No me refería a eso! –exclamó Katrina, agradecida de que las sombras ocultaran sus mejillas ardiendo.

–Desde luego no será una boda legal ante la ley europea ni la internacional –comentó él.

Era la respuesta que ella quería escuchar, y respiró aliviada mientras se estremecía. No le gustaba verse obligada a casarse con él, pero sabía que era mucho mejor eso que ser vendida a Sulimán. Pero, ¿cómo se sentía con aquella situación? Desde el primer momento en que había visto a Xander, su reacción hacia él había sido ilógica y demasiado intensa para sentirse cómoda con ella. Lo que iba conociendo de él debería acabar con su deseo, pero eso no había sucedido. Cuando lo miraba, veía un hombre peligrosamente sensual cuya presencia la afectaba más que la de ningún otro hombre que había conocido, en lugar de ver a un mentiroso y un ladrón, desprovisto de todo lo que pudiera despertar su respeto hacia él, ¡o su amor!

Una punzada de dolor la sorprendió. ¡Ella no lo amaba! «Pero lo deseas», le dijo una vocecita interior. «Sueñas con él...»

¡No! No pensaba reconocer ese sentimiento, ni darle más importancia. No iba a pensar en cómo sería la intimidad al ser la esposa de Xander, en el silencio aterciopelado de las noches del desierto, y las manos de él sobre su cuerpo ansioso... Tampoco iba a pensar en aquella piel aterciopelada, ni en el placer que le produciría acariciarla, aspirar su fragancia, colocar sus labios sobre su pecho firme... Se estremeció, enfadada consigo misma. ¡No iba a pensar en esas cosas porque ninguna de ellas iba a suceder!

No podía permitirse el sentir de aquella manera hacia un hombre como Xander. ¿Cómo iba a respetarse a sí misma si lo hacía? ¡No podía existir auténtico amor sin respeto!

Xander, a la entrada de su tienda, miró gravemente, sin ver, hacia la oscuridad que tenía delante. Estaba esperando a Katrina para presentarse ante El Khalid y celebrar la boda. Le había hecho creer que el matrimonio no sería legalmente vinculante, pero era consciente de que en Zurán aquella forma tradicional de casarse era perfectamente aceptable e irrevocable. En su caso, el matrimonio debería ser formal y legalmente disuelto cuando él terminara sus asuntos allí. Como miembro de la familia del soberano, necesitaba la aprobación de su medio hermano para poder casarse, y estaba convencido de que el soberano desearía que la unión se disolviera lo antes posible. Comprendería que él no había tenido otra opción para salvar a Katrina de un hombre de la calaña de Sulimán.

Pero no podía contarle nada de eso a Katrina.

Escuchó un leve sonido detrás de él y se giró. Ella lo miraba dubitativa entre las sombras del salón de la tienda. Xander tensó la boca. ¡Ella suponía una complicación que él no necesitaba!

–Sólo una advertencia –dijo gravemente, entrando en la tienda–. Una vez que estemos casados, no podrás hacer nada que atraiga la atención de los otros hombres.

Katrina lo miró furiosa. Había pasado la última media hora preguntándose cómo iba a enfrentarse a lo que tenía por delante, e intentando luchar contra la desesperación y la soledad que sentía. ¡Así no era como ella se había imaginado su matrimonio! Echaba de menos la protección de sus padres, de alguien en quien poder refugiarse. Pero no tenía a nadie. Estaba completamente sola. Sola y prisionera, obligada a fingir un matrimonio que nada tenía que ver con el amor.

–¿Cómo te atreves a decirme eso? –protestó emotivamente–. Yo no tengo la culpa si Sulimán...

–¿Ah, no? –se mofó él, mirándola con los ojos entornados.

–Si deseara acostarme con él, no estaría aquí, ¿no crees? –le desafió ella ferozmente.

–Yo no he dicho que quisieras acostarte con él. Pero a lo mejor le diste motivos... A lo mejor echabas de menos las atenciones de tu amante...

Katrina cerró los puños con tanta fuerza que se clavó las unas.

–¡No le he dado ningún motivo, y Richard no era mi amante!

No pensaba demostrarle que estaba equivocado. Ella no había tenido ningún amante aún, ¡pero no pensaba decírselo a él!

Cuando ella se comprometiera con un hombre, lo haría por amor y sería para siempre, y su relación contendría muchas más cosas que la pura intimidad física. Ella tenía sus sueños, aunque para otras personas fueran demasiado idealistas.

–Ya es la hora de irnos –anunció Xander sujetando la cortina para que Katrina saliera.

Él llevaba la cabeza cubierta como los tuareg, pero ella sabía que su boca dibujaba una medio sonrisa de desdén e irritación. Era un hombre con un aura poderosa de autoridad. Y aquella noche más que nunca.

Iba vestido con una túnica profusamente engalanada que debía de haberle robado a algún hombre muy rico. Aunque ella sabía que no lo era, Xander parecía un hombre criado entre la nobleza, el poder y la tradición, alguien tan imponente como el propio desierto. Era un hombre al que otros hombres respetarían instintivamente, y al que otras mujeres desearían inmediatamente.

¿Igual que lo deseaba ella, con tanta fuerza que le asustaba admitirlo?

Katrina se irguió lo más que pudo y se dio la vuelta hacia él.

–Si esperas que camine varios pasos detrás de ti...
–comenzó.

–¿No habías dicho que habías estudiado a las tribus del desierto? –le cortó él–. Deberías saber que los tuareg somos una sociedad matriarcal.

–Pero tú no eres un auténtico tuareg, ¿verdad? –logró contestar ella, mientras se colocaba junto a él a regañadientes.

Comenzaron a andar y un niño apareció corriendo y se puso junto a Xander. Para asombro de Katrina, Xander le sonrió y le acarició la cabeza, con un gesto casi tierno, antes de decirle algo en un dialecto que ella no comprendió.

–Es huérfano –explicó él cuando el chico se hubo marchado–. Le pago para que cuide de mi yegua. Así el animal tiene compañía, y el chico una cama y comida.

Katrina no quería sentir aquel nudo en su garganta. A pesar de lo duro que él parecía, tenía un lado compasivo y bondadoso.

Cuando llegaron frente a El Khalid, les esperaba una pequeña multitud que quería presenciar la boda. Algunos hombres tocaban música y algunas mujeres cantaban.

–Habrán oído que iba a haber una boda y han venido a verla, es tradición. La música es una canción de boda tradicional. No tienes por qué asustarte –le dijo Xander en voz baja.

¿Estaba intentando tranquilizarla? De nuevo, Katrina tuvo que tragar saliva para contener la emoción.

El Khalid estaba sentado en su diván, rodeado de sus hombres de confianza y con las mujeres de su familia y los músicos a sus pies.

Katrina se quedó helada. No podía hacerlo. El pánico se había apoderado de ella, y miró alrededor sin poder dejar de temblar.

–¡Recuerda que no es un matrimonio de verdad! ¡No significa nada!

Aquellas palabras tranquilizadoras fueron como un bálsamo para sus nervios a flor de piel.

Xander la tomó de la mano suavemente, como si quisiera consolarla y calmarla. Katrina levantó la vista hacia él.

La música dejó de sonar. El Khalid les indicó que se acercaran a él. Xander entrelazó sus dedos con los de ella. Katrina comenzó a caminar a su lado, no detrás.

Llegaron frente al líder rebelde. Xander soltó la mano de Katrina, y ella echó de menos al momento el consuelo de su contacto.

Todo lo que le estaba sucediendo era tan extraño para ella... de alguna forma, él se había convertido en lo único que hacía soportable aquella pesadilla. Sin él hubiera tenido que soportar las exigencias de Sulimán, sin él...

Instintivamente, se pegó más a él, sintiéndose mejor con sólo percibir el calor de su cuerpo, como si creara un círculo mágico que la envolviera y protegiera. ¿Y no hacía lo mismo el amor?

Apartó sus pensamientos de ese camino peligroso y se concentró en El Khalid.

–Dame tu mano –ordenó el líder a Katrina.

Ella lo hizo a regañadientes.

–Y ahora la tuya –continuó El Khalid mirando a Xander.

Katrina se estremeció cuando Xander colocó su mano sobre la suya, y El Khalid sostuvo ambas.

–¿Es vuestro deseo casaros?

Katrina sabía que aquella ceremonia no tenía validez y que sólo era un medio para estar a salvo, pero descubrió que le estaba afectando, lo cual era ridículo. El Khalid no era más que un ladrón, y aquello era una charada, nada más.

—Sí, es nuestro deseo —escuchó que contestaba Xander.

El Khalid la estaba mirando. Inclinando la cabeza, Katrina susurró temblorosa:

—Sí.

—¡Muy bien, entonces! Según nuestra tradición, tengo el poder de concederte esta mujer en matrimonio, Tuareg.

Katrina abrió los ojos atemorizada. El Khalid hablaba con gran solemnidad.

—Toma la mano de la mujer, Tuareg —ordenó el líder rebelde.

Katrina tenía la garganta seca y el corazón desbocado. Xander entrelazó sus dedos con los de ella. La intimidad de aquel gesto la dejó sin aliento. De pronto, fue consciente del significado emocional y sexual de aquella unión: palma con palma, cuerpo con cuerpo... Se estremeció y la cabeza se le llenó de terribles pensamientos.

El Khalid pronunció una orden y una mujer, completamente tapada y con sólo los ojos al descubierto, se acercó a él con una tela de seda tan fina que casi se la llevaba la brisa.

El Khalid asió la tela y comenzó a enrollarla alrededor de sus muñecas, murmurando unas palabras en zuranés mientras lo hacía. Nerviosa, Katrina se atrevió a mirar el rostro de Xander, pero deseó no haberlo hecho al ver la gravedad de su expresión.

Sintió que el corazón le latía más lentamente. Era como si la sangre de Xander corriera por sus propias venas, como si sus corazones latieran al mismo tiempo. El simbolismo de lo que estaba sucediendo era demasiado intenso e íntimo para ella, admitió, mientras las lágrimas le inundaban los ojos.

Xander había dicho que su matrimonio no significaría nada, y tal vez fuera así para él, ¡pero para ella, lo que estaba sucediendo significaba mucho!

El Khalid pronunció algunas palabras más sobre sus manos unidas, y luego se dirigió a Xander:

—Has tomado a esta mujer como tu esposa, Tuareg. De ahora en adelante, adonde tú vayas, ella te seguirá. ¡Recibid la bendición de un matrimonio largo y dichoso con muchos hijos!

La mujer retiró la tela. Lentamente, Xander soltó la mano de Katrina y ella no pudo evitar mirarlo a los ojos. Lejos de que la ceremonia no tuviera sentido, como ella esperaba, le había hecho sentir que se unían de una forma primitiva y eterna. ¡Se sentía como si hubieran compartido una intimidad tan profunda como si él la hubiera poseído físicamente! No importaba lo lejos que estuvieran el uno del otro en el futuro, nada podría borrar lo que había sucedido. ¿Cómo podía Xander estar tan calmado ante algo que ella vivía como irreversible?

La música comenzó a sonar y la multitud les abrió un pasillo para que lo atravesaran. Como atontada, Katrina se dejó llevar por Xander mientras los hombres cantaban y vitoreaban.

—Si vas a desmayarte, espera al menos a que lleguemos a la tienda —escuchó que le decía él.

Capítulo 5

POR QUÉ no me has... avisado de lo que iba a suceder? –preguntó Katrina con voz ronca, en cuanto estuvo segura de que nadie podía oírlos.

Sintió que Xander a su lado se encogía de hombros.

–¿Lo de que nos ataran las muñecas? Simplemente, no creía que fuera a pasar –respondió él quitándole importancia–. Es una costumbre muy antigua, ya apenas se usa. Pero no te preocupes, no tiene importancia...

Xander le dio la espalda mientras hablaba; no deseaba que ella viera que él también se había quedado afectado por la ceremonia. Al haber sido unidos de aquella forma, estaban atados el uno al otro de una forma profunda, según la tradición de su tribu. Frunció el ceño, intentando ignorar la actitud posesiva masculina que lo estaba inundando. No podía permitirse ese sentimiento.

–Es una costumbre bereber, eso es todo. No le des demasiada importancia.

Veía perfectamente lo conmocionada y afligida que estaba ella, y él se sentía igual, pero no iba a permitir que ella lo supiera. Miró pensativo hacia la entrada. Quizá Nazir visitara esa noche a El Khalid, y él debía estar alerta.

–Te sugiero que te retires al dormitorio –le ordenó a Katrina.

Ella abrió los ojos como platos al escucharlo. Llevaban casados unos minutos y él ya se estaba comportando como si ella fuera a hacer todo lo que él ordenara. De pronto, una peligrosa conciencia sensual invadió su cuerpo. Aquella era su noche de bodas, y si Xander decidía... reclamar sus derechos como esposo, ella no podría detenerlo. Sus únicas armas eran las palabras.

–Este matrimonio no es real –le recordó ella–. No puedes decirme lo que debo hacer.

–No como marido –reconoció él con gravedad–. Pero parece que olvidas que también soy tu captor. Estás en mi poder y puedo hacer contigo lo que quiera. ¡Irás al dormitorio y te quedarás allí!

Se cruzó de brazos y esperó en silencio a que ella obedeciera.

¿Para qué?, se preguntó Katrina como loca, ¿para que él la usara como su concubina? Su imaginación estaba demostrando ser su peor enemiga, reconoció, cuando él se giró y se encaminó a la salida de la tienda. Pero ella no estaba preparada para que la conversación terminara.

Ella siempre quería pensar lo mejor de todo el mundo. Por eso, quería que Xander le probara que tenía su lado bueno. ¿Pero lo hacía por él o por ella misma, porque no lograba hacer desaparecer la atracción que sentía por él? No debía permitir que esa sensación creciera. Y además, una vez que estuviera libre y regresara a su propia vida, la atracción por él dejaría de existir.

–¿Por qué te has casado conmigo? ¿Por el dinero que piensas obtener del rescate o porque realmente querías protegerme, salvarme de Sulimán?

Él la miró a los ojos, y en su mirada había un destello oscuro. Katrina sintió como si la quemara, como si buscara todo lo que ella quería mantener en secreto. Para ser un hombre que se ganaba la vida de una forma tan deshonrosa, poseía una arrogancia que no correspondía a su condición, pero que en él encajaba perfectamente.

Era muy raro que alguien lo pillara desprevenido, pero Katrina acababa de hacerlo, reconoció Xander gravemente. Era casi como si estuviera buscando una razón para pensar mejor de él, concluyó con incredulidad.

Su rostro adoptó una expresión severa. ¿Había ella logrado ver quién era él realmente, más allá del disfraz que había tenido que adoptar? ¿Podía ella percibir su vulnerabilidad respecto a ella, su deseo por ella y la lucha interna que mantenía para resistirse a él? ¿Sentía su feroz ansia por estrecharla entre sus brazos y convertir en realidad los votos que acababan de intercambiar?

Mientras se preguntaba aquello, se había acercado a ella. Pero entonces se recordó a sí mismo la situación real: ella era una mujer joven y moderna acostumbrada sin duda a usar su sexualidad para obtener lo que quería.

–¿Qué esperas que diga? ¿Que me he casado para salvarte? ¿Esperas saber que siento debilidad por ti, para usarlo en mi contra, quizás para seducirme para que te libere? –le provocó él.

El rostro de Katrina se encendió de ira.

–¡Debería haber sabido que ibas a pensar algo así! –le espetó amargamente–. ¡Pues para tu información, esperaba encontrar algo en ti que mereciera mi respeto! Algo que significara...

–Que podías manipularme a tu antojo –la cortó Xander secamente.

Ella estaba internándose en una zona de sus emociones que él no quería que nadie conociera, y menos aún ella. Sus palabras se acercaban demasiado a lo que él pensaba del amor y el matrimonio. Según le había contado su medio hermano, su madre y su padre se habían amado profundamente. Tanto, que habían superado los límites impuestos por sus culturas para poder estar juntos. Él quería una unión tan fuerte como ésa. Pero su orgullo era poderoso. Él nunca podría amar a una mujer que no respetara. Y, por cómo le habían educado, no podía respetar a una mujer promiscua, sexual o emocionalmente.

El hecho de que Katrina lo acusara de que no merecía su respeto lo enfurecía. ¡Debía ser castigada por ese insulto!

–Yo no soy tu estúpido, débil y fácil de seducir amante inglés –dijo desdeñosamente–. Puede que él quedara deslumbrado por el brillo falso de las cualidades que tienes en venta, y no viera que no tienes palabra. Pero a mí no se me engaña tan fácilmente.

Katrina sintió la boca seca. Todo su cuerpo estaba registrando el insulto que acababa de recibir y la insinuación respecto a su moral sexual.

–No tienes ningún derecho a hablarme así –fue lo único que logró articular.

Él sabía cómo hacer daño. Pero ella no tenía por qué aguantar que le hablaran en ese tono.

–Y, por si lo has olvidado, ¡Richard no es mi amante! –añadió ferozmente.

Xander se encogió de hombros.

–No tengo ningún interés en saber quién ha compartido tu cama y tus favores.

Estaba mintiendo y él lo sabía, pero tenía que acabar con la conversación y averiguar si Nazir había llegado, por el bien de su medio hermano.

–Tengo que salir –anunció–. Y no me esperes levantada para intentar convencerme de nuevo. Te aconsejo que no pierdas el tiempo.

Le dirigió una mirada que la desnudó de todo orgullo y la dejó expuesta sin piedad.

Katrina quiso gritarle muchas cosas, pero era demasiado tarde. Él había salido de la tienda, dejándola sola para que se enfrentara a la realidad de sus sentimientos tras aquella discusión.

Intentó ignorarla con todas sus fuerzas, pero la palabra «seducir» no se le iba de la cabeza. Él no estaba en lo cierto sobre que ella quisiera seducirlo, pero esa palabra pronunciada por sus labios le había puesto un nudo en el estómago, había hecho que le temblaran las rodillas y que el corazón latiera al ritmo de su deseo.

No, ella no deseaba seducirlo, pero reconoció que quería que él la sedujera. ¿Qué demonios le estaba pasando? Él era un criminal cruel, arrogante y deshonesto. Y ella era una tonta por intentar encontrar algo en él que mereciera su respeto, una excusa para poder justificar sus sentimientos hacia él.

Todo su cuerpo ardió de indignación al recordar la forma despectiva en la que él le había hablado. ¡No sólo era un hombre sin principios en el que no se podía confiar, además era un intolerante! Le hubiera encantado hacer que se tragara sus palabras al decirle que ella nunca había tenido un amante, por mucho que él creyera que era promiscua. Pero eso era algo que no podía ni quería hacer. Seguir virgen era una elección de estilo de vida basado en sus profundas creencias, y no algo que iba a rebajarse a reivindicar delante de alguien como Xander.

Él no era digno de los sentimientos que tan estúpidamente sentía hacia él, y por su propio bien debía desterrarlos de su corazón inmediatamente. «Ojalá fuera tan sencillo», pensó con un escalofrío. Había algo oscuro y peligroso en él, algo salvaje a lo que su parte femenina respondía automáticamente aunque ella no quisiera, y no podía evitarlo, admitió desesperada.

Mientras recorría silenciosamente el campamento, Xander se burló de sí mismo por la feroz ansiedad que sentía hacia Katrina. Su mente se preguntaba cómo podía desear a esa mujer, pero su cuerpo se preguntaba con más fuerza cómo podía resistirse a ella.

Ella lo afectaba como ninguna otra mujer lo había hecho, de mil formas diferentes, y todas no deseadas. No había espacio en su vida para una situación como aquella, ni lugar en su orgullo para el tipo de necesitada que ella despertaba en él.

Mientras se acercaba a la tienda de El Khalid, se obligó a sacar a Katrina de su mente y a centrarse en su medio primo Nazir y la razón por la que él estaba allí. Se había estado planteando si no habría cometido un error en su juicio. Los agentes especiales que también estaban infiltrados en el campamento dudaban de que Nazir estuviera relacionado con El Khalid. Pero Nazir planeaba derrocar al soberano, de eso Xander estaba convencido. Sólo se trataba de averiguar cómo y cuándo tenía previsto hacerlo.

Entonces escuchó el sonido de un vehículo en movimiento y se ocultó entre las sombras. El todoterreno se detuvo delante de la tienda del líder de los rebeldes. Xander no podía creer en su suerte cuando vio que del coche salían dos hombres fuertemente armados y detrás los seguía su medio primo.

El Khalid emergió de su tienda y se acercó a saludar a Nazir, haciéndole una profunda reverencia antes de invitarlo a entrar.

¡Así que él estaba en lo cierto!, se dijo Xander. ¡Tenía que informar a los otros agentes enseguida! En silencio, se dirigió hacia sus tiendas.

Capítulo 6

KATRINA se despertó bruscamente del sueño erótico y simbólico que había tenido, en el que era transportada por una lujosa alfombra voladora a la tienda de un poderoso guerrero que se parecía terriblemente a Xander.

Se sonrojó mientras intentaba ignorar la sensualidad de su sueño, y la forma en que se había presentado ante Xander, con el cuerpo cubierto por velos semitransparentes de todos los colores, que mostraban más que ocultaban. Llevaba los pezones pintados con una suave pasta de oro, y el sexo cubierto por una seda que aumentaba su misterio en lugar de esconderlo.

Mientras avanzaba hacia Xander, había percibido que él intentaba no mostrar interés por ella, pero al deslizar la vista hasta su hombría, había visto que estaba erecta, que se apretaba contra la tela que la constreñía.

Ella había sentido entonces todo su cuerpo inundado de un deseo ardiente hacia él, preparado para la promesa de aquella hombría.

Él no había pronunciado ni una palabra mientras ella se acercaba a la tarima sobre la que él estaba sentado, pero lo había visto inspirar agitado cuando ella se había subido sin pedirle permiso. Había caminado orgullosa hacia él en lugar de esperar a que le permitiera acercarse a él.

Al llegar a su lado, se había arrodillado graciosamente delante de él, haciendo destacar sus senos pintados de oro, ansiosos de que él los acariciara, ante la mirada hambrienta de él.

Lentamente, había colocado sus manos sobre los muslos de él, a escasos centímetros de su pene, sintiendo cómo crecía su excitación, cómo se hinchaban los labios de su propio sexo y el centro de su placer latía ansioso.

Había alargado la mano para colocarla sobre la hombría de él, pero él la había detenido, la había sentado en su regazo, y había comenzado a mordisquear apasionadamente sus pezones, a juguetear con ellos con la lengua, mientras con la mano le separaba los muslos y apartaba los velos, para dejar expuesto completamente a su tacto su sexo húmedo.

Ella había gritado de placer, provocando en él una respuesta inmediata de triunfo.

Sus dedos largos y hábiles habían separado los pliegues más íntimos de ella y, mientras ella se retorcía bajo sus caricias, envuelta en un placer ardiente y sensual, la boca de él mordisqueaba su pezón, hasta que ella había creído que iba a explotar de lo que lo deseaba.

Entonces él había introducido sus dedos en lo más íntimo de ella, primero uno y después otro más, y los frotaba contra su humedad, investigando sus profundidades. Cuando ella había gemido a gritos, él había separado aún más sus muslos y la había besado apasionadamente, hasta dejarla sin aliento y sin capacidad para pensar. Todo su cuerpo se había tensado, al límite del placer más intenso. Ella había sentido cómo se acercaba, en oleadas, su alivio. ¡Quería más de eso, y de él!

No quería recordar más, especialmente la sensación

real de estar suspendida al filo de su propio orgasmo. Estaba avergonzada porque aún sentía la excitación física que le había provocado el sueño, y se sentía mortificada por haber soñado algo así, independientemente de que fuera con Xander. Agradeció estar sola y a oscuras, para ocultar sus mejillas encendidas.

Se quedó tumbada rígida, casi temiendo volver a dormirse.

Dentro de tres horas amanecería. Xander estaba quieto en el silencio de la tienda. Los agentes especiales habían decidido que, en cuando El Khalid anunciara las intenciones de la visita de Nazir, abandonarían el campamento y comunicarían sus hallazgos al Consejo de Gobierno del país.

Xander frunció los labios. Él los había urgido a que no se retrasaran, pero ellos se habían mantenido firmes: no podían recomendar un movimiento contra Nazir hasta que no tuvieran pruebas irrefutables de que tenía intención de hacer daño al soberano de Zurán.

Del dormitorio le llegaba el sonido de Katrina dormida. Katrina... su esposa... ¿pero la mujer de otro hombre? ¡Seguramente la mujer de más de un hombre! Un sentimiento primitivo mezcla de ira y celos lo invadió. Dio un paso hacia el dormitorio y se quedó helado. Lo que sentía era sólo un espejismo, no era real, y si lo ignoraba desaparecería. Igual que la hambrienta necesidad de su cuerpo.

Katrina se despertó con la llamada matutina a la oración, pero los acontecimientos del día anterior le estaban pasando factura y volvió a dormirse antes de poder evitarlo.

Xander, por el contrario, ya se había levantado y sentía la tensión apoderándose de su cuerpo. En cuanto terminó la oración, todo el campamento se llenó de rumores de que El Khalid tenía un visitante importante, y que se convocaba una reunión inmediata.

Xander, como los demás hombres, se dirigió al espacio que usaban para reunirse, cuidándose de colocarse cerca de los tres agentes infiltrados, pero no directamente a su lado.

La charla de El Khalid fue breve y directa. Les habían contratado para infiltrarse en las celebraciones de la fiesta nacional de Zurán y despertar inquietud entre los civiles.

—No ha mencionado nada de intentar atentar contra tu hermano —le comentó uno de los agentes a Xander cuando terminó la reunión.

—Nazir no confiaría en nadie para asesinar a mi hermano. Lo matará él mismo, encubierto por el alboroto que va a causar El Khalid. Oficialmente, Nazir está fuera del país, eso ya lo sabemos. No tengo ninguna duda de que lo ha planeado todo —afirmó a los agentes con gravedad—. Lo que supongo es que se hará pasar por uno de los hombres de El Khalid, y actuará cuando mi hermano realice el tradicional paseo entre la gente.

—No tenemos pruebas de que vaya a hacer eso —objetó uno de los agentes.

—¿Asumís el riesgo de que puedo estar equivocado? —los desafió Xander—. La vida del soberano es más importante.

Hubo un breve silencio y habló el otro agente.

–Ahora nos vamos a preparar nuestro informe. Un helicóptero nos recogerá en cuanto lo avisemos, y entregaremos el informe al Consejo de Gobierno en cuestión de horas. Recomendaremos que fuerzas armadas se desplacen al campamento inmediatamente, lo rodeen y detengan a todo el mundo. Si estás en lo cierto, eso incluirá también a Nazir.

Xander fue consciente de que era lo más que podía esperar. No podía meter prisa a los agentes ni rogarle a su medio hermano que cancelara su tradicional paseo el día de la fiesta nacional.

El sol comenzaba a calentar el desierto mientras él atravesaba el campamento camino de su tienda, y el olor a comida se esparcía por el aire.

Fue el aroma a café recién hecho lo que despertó a Katrina. Durante unos segundos, se deleitó en la comodidad de la cama y el delicioso olor a café, pero entonces la realidad la sacudió bruscamente.

Ella no estaba simplemente prisionera, ¡además estaba casada con su captor! Se miró la muñeca. Siempre estaría unida a Xander. Se incorporó en la cama, sintiéndose enferma y mareada.

Como siempre, escuchó atentamente por si Xander estaba cerca, antes de correr al pequeño cuarto de baño. Se dio una ducha rápida, y enrojeció cuando sus pezones reaccionaron al enjabonarlos. Tal vez sólo hubiera sido un sueño, pero lo que había experimentado la noche anterior le había dejado una memoria corporal igual que si él le hubiera hecho el amor.

Casi se sintió aliviada de vestirse y ocultar sus pezones erectos. Dos minutos después, se detuvo junto a la cortina que separaba el dormitorio del salón. Tomó aire profundamente y lo echó poco a poco, mientras se recordaba quién era Xander en realidad. No era el hombre que su corazón ansiaba que fuera, ni mucho menos. Ése era fruto de sus estúpidos sentimientos.

Con decisión, apartó la cortina y salió al área común. Xander la contempló desde unos metros más allá. Katrina se sonrojó, mientras intentaba mirarlo a los ojos sin conseguirlo.

Aquel hombre era su esposo. Estaba unida a él de una forma tan íntima como si él la hubiera tomado en sus brazos y le hubiera hecho el amor. Un temblor como de gacela joven la recorrió.

Al observarla, Xander tuvo que admitir que el tono sonrosado de su piel y su mirada modesta eran justo lo que un marido tradicional esperaría de su nueva esposa la mañana siguiente a su boda. Y sin duda, si ellos fueran una pareja, al verla así él se habría acercado rápidamente a ella y la hubiera subido en brazos, la habría llevado a la cama para enseñarle nuevos placeres.

Pero ellos no eran nada de eso.

Mientras se quitaba el pañuelo que lo ocultaba a la vez que lo distinguía como tuareg, esbozó una sonrisa de amargura. Katrina estaba lejos de ser una tímida e inocente recién casada. ¿Cuántos amantes habría tenido antes de que aquel cobarde la abandonara por salvarse a sí mismo? Sintió su lucha interior entre su herencia ancestral y la sangre europea de su madre.

¿Cómo iba él a encontrar a una mujer que comprendiera y aceptara esos dos lados opuestos de él? Al mismo tiempo, ella debía apelar a los dos de forma que él sintiera que la necesitaba y la amaba tanto que no podía vivir sin ella.

Pero sabía que eso no era posible. Y estaba muy contento de que en su vida no hubiera ninguna mujer. Tenía cosas más importantes de las que ocuparse.

–Había un gran alboroto hace un momento –comentó Katrina, esforzándose por comportarse como si todo fuera normal, y no como si fuera plenamente consciente de que no sólo era la esposa de Xander, ¡sino también su posesión!

–No más de lo normal –mintió Xander tranquilamente–. ¿Qué esperabas? ¿Que tu amante viniera a buscarte?

–Sólo intentaba mantener un poco de conversación –respondió ella enfadada.

–Te he traído esto –le anunció Xander, tendiéndole una túnica negra como las de las otras mujeres–. No saldrás de la tienda sin esto puesto.

Katrina lo miró atónita, sin poder creérselo.

–¡No lo haré!

–Si no accedes, no me dejarás otra opción que asegurarme de que cooperas.

–¿Y eso cómo? –le desafió Katrina ferozmente–. ¿Poniéndomela tú mismo?

–No. Si no accedes, simplemente me aseguraré de que no abandones la tienda. Si es necesario, te encadenaré en su interior.

Katrina no podía creer que él la tratara de una forma tan primitiva. No confiaba en lo que fuera a decir, así que prefirió que fuera su cuerpo el que expresara su furia y su indignación.

–Es hora de que comamos algo. Toma, póntelo –le ordenó Xander tranquilamente.

–No voy a ponérmelo –insistió ella tercamente–.
Huele al perfume de otra mujer.

Xander no dijo nada. Le había costado mucho esfuerzo y más dinero del que valía conseguir que una de
las mujeres de El Khalid le vendiera esa túnica. Él había percibido el penetrante olor del perfume de la mujer, pero tenía que asegurarse de que Katrina se tomaba
la amenaza en serio, sobre todo por su propio bien. No
quería que Nazir la viera y se preguntara qué hacía una
mujer europea en el campamento. Si sospechaba que
ella podía representar el mínimo riesgo para él, la ma-
taría, Xander estaba convencido de eso. Pero vestida
como la mujer de un tuareg no levantaría sospechas.

–Debes ponértela por tu propia seguridad –le explicó tranquilamente.

La sincera preocupación por ella pilló a Katrina
desprevenida y llamó su atención. ¿Sería verdad que,
después de todo, él tenía un lado cálido y bondadoso?

–¿Es por Sulimán? –preguntó, incapaz de ocultar su
temor.

Xander dio un paso hacia ella, como queriendo que
se sintiera segura.

–No temas, él no va a hacerte daño, yo me encargo
de eso. Pero las mujeres esperan que te vistas como
ellas, y los hombres esperan que te vistas como mi esposa. De verdad que es por tu propia seguridad por lo
que debes vestirte al modo tradicional.

Katrina supo instintivamente que él decía la verdad.
De nuevo, sintió que reaccionaba ante su humanidad,
¡y ante él mismo! Agarró la prenda negra y se la puso,
arrugando la nariz ante el fuerte aroma a su anterior
propietaria.

Xander apartó sus ojos rápidamente de ella. No

quería que viera en ellos su alivio al no tener que verse sometido al tormento de su aroma natural, que provocaba un efecto demoledor sobre él cada vez que lo aspiraba.

Katrina necesitó varios minutos para acomodarse la túnica, que estaba confeccionada para alguien más grande que ella. Durante ese tiempo, Xander entró en el dormitorio y salió con una sábana en la mano.

Sin comprender lo que él hacía, Katrina lo observó desdoblar la sábana y arrugarla, antes de pincharse ligeramente con la daga en un brazo y hacer que la sangre manchara el centro de la sábana.

–¿Qué estás haciendo? –le preguntó ella desconcertada.

–¿No recuerdas tus estudios sobre las tribus del desierto? La madre de El Khalid me ha recordado que, la mañana posterior a la noche de bodas, debe mostrarse la sábana manchada con tu sangre como símbolo de tu virginidad. Si tú no hubieras llegado virgen al matrimonio, sería un deshonor tanto para ti como para mí.

Katrina se sentía tan indignada que sólo podía mirarlo, con el rostro desencajado.

¡Después de escuchar aquello, lo último de lo que se sentía capaz era de mostrarse en público! Se apartó de él y comenzó a quitarse la túnica.

–¿Qué sucede? –le preguntó Xander.

–He decidido que no tengo hambre –mintió ella, pero al registrar la mirada que él le lanzaba, no pudo contenerse más–. ¿De verdad crees que voy a permitirte que me pasees por delante de todo el mundo junto con esa sábana, para satisfacer su curiosidad lasciva?

Sabía que estaba a punto de echarse a llorar, e intentó contenerse. No iba a llorar delante de él. ¿Cómo era posible que le hubiera parecido alguien humanitario?

–No somos europeos, no nos juzgues como tal. No hay nada lascivo en esta tradición. Y está pensada para proteger a las mujeres, no para humillarlas. Una muchacha tuareg en tu posición acompañaría orgullosa a su marido para mostrar a todo el mundo la prueba de su virginidad.

–Tal vez, pero yo no soy tuareg –replicó ella ferozmente.

–Ni tampoco eres virgen –añadió Xander fríamente.

–Sí que lo... –comenzó Katrina acaloradamente.

Xander la hizo callar.

–Puede que tú no tengas hambre, pero yo sí –dijo él, mientras se cubría la cabeza y el rostro.

Tenía un aspecto severo y cautivador, y Katrina sintió que el corazón se le aceleraba con el aura de magnificencia y peligro que él destilaba.

Xander se detuvo brevemente a recoger la sábana, le lanzó una mirada dura y salió de la tienda.

No podía seguirlo, simplemente no podía, admitió ella, mientras lo observaba salir.

Capítulo 7

MEDIA hora después, Katrina sintió su estómago rugir de hambre, pero decidió ignorarlo.

–Te he traído café y algo de comer –dijo Xander, entrando en la tienda con una taza y un plato repleto de fruta y pastelillos.

Katrina se sintió confundida. ¡Le había llevado comida! Ella lo había catalogado como alguien cruel y sádico, pero en aquel momento se estaba comportando como si se preocupara por ella, lo que contradecía su impresión anterior. ¡Y no era la primera vez! Aquellas pinceladas de la otra parte de él a la vez le encantaban y atormentaban.

–Afortunadamente para ti, la madre de El Khalid ha decidido que el no querer mostrarte esta mañana es un signo de tu modestia.

¡Pero él no pensaba así! Katrina sintió que su alegría se transformaba en dolor e ira.

Xander dejó el café y el plato en una mesa baja y, a pesar de la intensidad de sus emociones, ella se dio cuenta de lo hambrienta que estaba.

–Tengo que salir –anunció él–. Y recuerda que no puedes abandonar la tienda sin cubrirte con la túnica y el velo.

Katrina esperó a que él se hubiera marchado para

abalanzarse sobre la comida. El café estaba delicioso, la fruta jugosa y los pasteles de almendras delicados y sabrosos.

Mientras Xander saludaba a su yegua, su mente estaba en otro lugar. ¿Cómo había permitido que la idea de Katrina con otro hombre lo afectara de forma tan intensa? ¿Por qué permitía que el simple hecho de verla lo excitara tanto que había tenido que salir de la tienda para poner algo de distancia entre ambos? ¿Acaso el ritual centenario del matrimonio le había afectado tanto? Había sido la única manera de proteger a Katrina de Sulimán, y su medio hermano lo disolvería en cuanto regresaran a la capital. No debía pensar en ella, ni en lo que le provocaba. No había espacio en su vida para eso.

Después de cepillar a la yegua, se encaminó lo más desenfadadamente que pudo hacia el oasis, como si estuviera paseando para pasar el rato. Estuvo tentado de telefonear a su medio hermano, pero le preocupaba que Nazir interceptara las llamadas del soberano.

Un sonido le llamó la atención. Entornó los ojos y observó el horizonte. Un helicóptero se acercaba al campamento.

¡Tenía que ser Nazir! ¿Qué mejor medio de transporte que aquel para abandonar la ciudad en cuanto hubiera logrado su objetivo de asesinar al soberano? ¿Le habría contado Nazir a El Khalid lo que pensaba hacer? Seguramente que no, y no porque el jefe rebelde fuera a amilanarse ante un asesinato, ¡sino porque pediría mucho más dinero por estar relacionado con el acto!

Además, Nazir nunca daría una información que pudiera emplearse en su contra. La muerte del soberano se atribuiría a los rebeldes, de eso Xander estaba convencido.

Quería estar en el campamento cuando el helicóptero aterrizara, así que emprendió el camino hacia las tiendas. Como era de esperar, la llegada del helicóptero estaba creando una enorme curiosidad, y Xander se unió al grupo de hombres más cercano al aparato.

Un hombre estaba bajando y, aunque se había disfrazado dejándose barba y llevando una túnica tradicional en lugar de uno de sus trajes de corte occidental, Xander lo reconoció sin problemas por cómo se movía.

¡Así que sus sospechas eran ciertas! Xander se sintió invadido por una ola de ira hacia Nazir. Siempre había recibido el amor y la generosidad del soberano, pero su avaricia y sus ansias de poder eran tales que estaba dispuesto a asesinarlo para ocupar su lugar. ¡Pero él no iba permitir que eso sucediera! Pensaba vigilarlo todo el rato.

El Khalid salió de su tienda y saludó al visitante con una profunda reverencia. Tan casualmente como pudo, Xander se acercó a ellos, intentando captar lo que hablaban los dos hombres.

Había pasado más de una hora desde que Xander se había marchado, y Katrina se aburría de estar encerrada en la tienda.

Con actitud desafiante, se encaminó hacia la salida. No tenía por qué permitir que él le dijera lo que podía o no podía hacer. Después de todo, ella no era realmente su esposa.

La idea de Xander tratándola como a una igual, res-

petándola, amándola... le estaba provocando una ola
de emociones compleja que no sabía cómo manejar.
No era su esposa, pero sí era su prisionera, se recordó a
sí misma.

Deseó ser lo suficientemente valiente como para intentar escapar, pero el campamento estaba fuertemente
vigilado. Incluso aunque pudiera evitar a los guardias,
moriría en el desierto. Podía intentar robar un vehículo, pero debería tener un moderno sistema de nave-
gación por satélite y el depósito lleno de combustible.

El sentido común le decía que era mejor que se quedara donde estaba.

¿El sentido común? ¿De verdad era eso lo que la
motivaba? ¿No serían acaso las peligrosas emociones
que sentía hacia Xander, y que en el fondo ansiaba...?
Sintió que la cara le ardía, y que un deseo ya familiar
se apoderaba de su cuerpo.

¿No estaban en el siglo XXI? Las mujeres ya no ne-
cesitaban ocultar que podían experimentar el deseo físico por sí mismo, que no tenía que estar ligado al
amor; que tenían todo el derecho si deseaban una intimidad física sin necesidad de un compromiso emocional, por el simple gusto de disfrutar. Podían tener sexo
con un hombre y luego marcharse sin más. ¿Era ella
capaz de hacer eso? Y lo más importante, ¿deseaba hacerlo?

Mientras se paseaba por la tienda, sumida en aquellos pensamientos, se golpeó el pie con una caja de
madera que sobresalía de debajo de un diván.

Frunció el ceño, y se agachó para frotarse el pie y
para meter la caja debajo del diván, pero en lugar de
eso lo que hizo fue sacarla aún más, jadeando por lo
que pesaba.

¿Qué habría dentro? Sabía que no tenía derecho a mirar, pero aun así levantó la tapa.

En el interior había varios libros, eso explicaba que pesara tanto. Cuidadosamente sacó uno y se quedó atónita. No eran simples libros, eran obras de arte, dignas de pertenecer a la biblioteca de un conocedor muy rico. Estaban encuadernados en piel, con el título grabado en letras doradas y el borde de las páginas adornado con oro. Katrina lo abrió reverencialmente. Era una primera edición, un artículo de coleccionista, seguramente muy valioso. Era un libro de poesía que recogía entre otros poemas de Robert Browning para Elizabeth Barrett. Escrito a mano, ponía: *Para mi amada Elizabeth*.

Lágrimas de emoción inundaron los ojos de Katrina. Eran unas palabras muy sencillas, pero de mucho más valor que un millón de primeras ediciones. Aquel libro había sido un regalo de amor. Con mucho cuidado, lo cerró y lo depositó en la caja antes de sacar otro.

Ése era francés y también estaba dedicado a Elizabeth. Y la firma poderosamente masculina iba acompañada del sello del soberano de Zurán.

El corazón le dio un vuelco. Eso significaba que los libros provenían del palacio real. Y que esa Elizabeth, quienquiera que fuera, había sido profundamente amada por un príncipe.

Sacó otro libro más, escrito en árabe.

Ella no era ninguna experta, pero aquellos libros valían una fortuna y eran irreemplazables, concluyó. A sus ojos, su mayor valor era el sentimental, debido a las inscripciones. Aquellos libros habían sido regalados a una mujer profundamente amada.

Todo indicaba que habían sido atesorados y cuidados con mimo. Pero estaban en posesión de Xander, y ella no dudaba cómo habían llegado hasta él: los había robado de su propietario.

Aunque no hacía frío, Katrina se estremeció. ¿Por qué estaba tan conmocionada? Ella ya sabía cómo era Xander, ¿no?

Lentamente, con un tremendo dolor en el corazón, comenzó a meterlos en la caja.

—¿Qué demonios estás haciendo?

No había oído entrar a Xander, y dio un respingo ante la sorpresa, casi tirando uno de los libros al captar la furia desatada de su voz. Pero no iba a rendirse ante él. Se puso en pie y se dio la vuelta, enfrentándose a él, pero él la ignoró. Se arrodilló junto a la caja, guardó los libros en su interior y cerró la tapa, esa vez con una llave que sacó de un bolsillo.

—¿Cómo te atreves a fisgonear entre mis posesiones? —le increpó él ferozmente.

—¡Tus posesiones! Esos libros no te pertenecen —le desafió Katrina con bravura—. He visto la inscripción, ¡se los has robado a alguien!

Xander no podía creer lo que escuchaba. Katrina había estado husmeando entre sus posesiones personales, los preciados recuerdos que tenía de sus padres, ¡y encima lo acusaba de haberlos robado! En la intensidad de su furia, no se paró a pensar en las razones que Katrina creía tener para cuestionar su sinceridad, y recordó sólo lo mucho que había cuidado siempre aquellos libros, regalos de amor de su padre a su madre antes de que se casaran.

Aquel sentimiento había significado mucho para él cuando era pequeño e incapaz de expresar sus sentimientos, pero consciente de que tener aquellos libros en sus manos le hacía sentirse más cerca de la madre que no había llegado a conocer. Se habían convertido en su talismán y no iba a ningún sitio sin ellos. Si alguno de los rebeldes de El Khalid los encontrara, tendría que fingir que los había robado, pero entre los rebeldes era una ley no escrita el respetar la privacidad y las posesiones de los otros.

¡Una ley que Katrina no parecía respetar! Y ahí estaba la mujer que le había dejado sin dormir varias noches y que invadía sus pensamientos más de lo que debía, ¡atreviéndose a decir que él no tenía derecho sobre las posesiones de su madre!

–Los libros son míos –replicó él ferozmente.

Katrina lo miró con desdén, incrédula.

–Eso es imposible. Valen una fortuna, son piezas de museo –recalcó secamente.

Xander se puso en pie y se acercó a ella, llenando la atmósfera de hostilidad. Demasiado tarde, Katrina se dio cuenta del efecto que sus palabras habían tenido sobre él y lo furioso que estaba. Atemorizada, intentó apartarse, pero sólo logró arrinconarse contra el diván.

–¿Te atreves a acusarme de ser un mentiroso? –preguntó él, conteniendo su ira, mientras se acercaba a ella.

¡Ella no iba a rendirse ante él!

–¡Eres un mentiroso! –le espetó–. ¡Un mentiroso y un ladrón!

Aquellas palabras apasionadas y el desprecio que vio en sus ojos y captó en su voz hirieron el orgullo de Xander como si fueran ácido. Agarró a Katrina por los hombros con tanta fuerza que le hacía daño.

–No vas a volver a hablarme de ese modo, ¿entendido? –rugió furioso.

—¿Por qué no? ¡Sólo digo la verdad! —contraatacó ella, tan furiosa como él.

—Esos libros me los regaló mi madre.

Xander no pudo contener las palabras por más tiempo. Fue como si se las hubiera arrancado del corazón, dejando un vacío que le quemaba de dolor.

Katrina se lo quedó mirando, incapaz de creerse lo que acababa de escuchar. ¿De verdad él esperaba que lo creyera?

Sintió la intensidad de sus emociones llenando el aire. Sintió también el calor que desprendía el cuerpo de él y, sorprendentemente, su respuesta de mujer ante él. El pánico se coló entre su indignación. ¿Cómo era posible que se sintiera así? ¿Cómo podía excitarla un hombre al que no respetaba? No podía aceptar aquello, tenía que regresar a la realidad.

—Eso no es posible —se obligó a decir, aunque en el fondo deseaba que sí lo fuera, que él le estuviera diciendo la verdad y, sobre todo, que le estuviera permitiendo conocer algo de su auténtico pasado—. Los libros llevan el sello del soberano de Zurán —añadió ella.

Las palabras rasgaron el tenso silencio como piedras cayendo en un estanque profundo. Katrina no se atrevía a mirarlo a los ojos y que él supiera que no la podía engañar.

—Ya no tiene sentido que sigas mintiéndome, Xander —continuó con voz ronca—. No te creo. Eres un mentiroso y un...

La resignación de su voz hirió el orgullo de Xander y, lo que era peor, su rechazo a creerlo estaba provocándole un tremendo dolor, un dolor como nunca había experimentado y que no podía soportar.

—¡Ya basta! —gruñó, como si se estuviera muriendo.

Y entonces, para acallarla a ella y a su propio dolor, cubrió su boca con la suya.

Su intención había sido castigarla con aquel beso, usarlo como una muestra de su dominación, pero en cuanto sintió la boca de ella bajo la suya, algo cambió en su interior a lo que no se pudo resistir. Algo sobre lo que no tenía control transformó su ira en urgencia, el castigo que quería infligirle a ella en el dolor del deseo, y derrumbó las barreras que había construido para no ser tan vulnerable ante ella.

La suavidad de su boca, el leve temblor de su cuerpo, el dulce sabor de su lengua, hicieron que cada fibra de su cuerpo vibrara de deseo.

La deseaba más de lo que nunca había deseado nada o a nadie... Deseaba saborearla, abrazarla, poseerla, dejarle su marca para el resto de la eternidad.

Katrina intentó detener lo que estaba sucediendo, pero su cuerpo respondía ansioso a lo que él le estaba haciendo.

La cordura y su habitual sentido de alerta y supervivencia estaban sometidos a la excitación y la ansiedad que la poseían. Él era tan masculino y tan peligroso... Entonces, ¿por qué no estaba apartándolo de sí en lugar de hundir sus dedos en su pelo y atraerlo más hacia ella, presa de un ardiente placer?

Al entrelazar su lengua con la de él, sintió cómo él se estremecía y cómo la tumbaba sobre los suaves cojines del diván. En lugar de retroceder ante aquel avance, Katrina sintió que su deseo se encendía aún más. En respuesta, se abrazó posesivamente a él, atrayéndolo hacia sí.

En sus fantasías soñaba con un hombre así, de pasiones feroces, indomable, que con sólo tocarla activara sus sentidos, tal y como Xander estaba haciendo en aquel momento. Y en sus fantasías, ella respondía plenamente, ¡como estaba haciendo en aquel momento!

Las manos que hacía un momento la habían atenazado habían pasado a estar debajo de ella en el diván, sujetándola y protegiéndola.

No debería estar haciendo aquello, se dijo Xander. Pero el rechazo de ella a creerlo había despertado unas emociones en él que no podía controlar. Lo controlaba una necesidad primaria de poseerla como ningún hombre lo había hecho, de borrar de su cuerpo cualquier recuerdo que tuviera de otros hombres que no fueran él.

Con una mano le sujetó el rostro para poder mirarla a los ojos y verse reflejado en ellos.

−¡Mírame!

Katrina levantó la vista. Con un escalofrío, fue consciente de su feminidad y de la masculinidad de él, mientras él le apartaba el pelo del rostro.

Si no fuera por la furia que había percibido en su brusca orden, Katrina hubiera dicho que había ternura en la forma en que la tocaba.

Pero en la boca que reclamaba la suya no había ternura, aunque sus labios estaban respondiendo con un ansia apasionada. Él le hizo entreabrir los labios con un movimiento de su lengua, mientras su peso la hundía entre los cojines.

La discusión que los había conducido hasta allí había perdido toda su importancia. Xander se dio cuenta de que sus acciones ya no estaban impulsadas por su orgullo y la necesidad de castigarla, sino que era su cuerpo quien la necesitaba ardientemente.

Katrina sintió las manos de él sobre su cuerpo, quitándole la ropa, y en lugar de resistirse se retorció para ayudarlo a despojarla de las barreras que le impedían sentir su tacto sobre su piel.

Sólo algunos rayos de sol se colaban por las gruesas paredes de la tienda, pero fueron suficientes para resaltar su cuerpo desnudo como si estuviera cubierto de polvo de oro. Katrina vio que Xander se quedaba repentinamente quieto mientras la contemplaba y sintió un estremecimiento de timidez e inseguridad. Era el único hombre que ella había querido que la viera desnuda.

Levantó la vista insegura. Lo que vio en los ojos de él provocó que sus pezones se endurecieran y que su centro más íntimo reclamara atención. Y él ni siquiera la había tocado.

Lo deseaba, ansiaba sentirlo sobre ella, dentro de ella, en aquel momento, en aquel lugar... Dejó escapar un gemido tremendamente excitante y Xander apretó la mandíbula. Se quitó la ropa rápidamente, sin darle casi tiempo a Katrina a apreciar sus poderosos músculos y su vientre plano, y se tumbó sobre ella.

Sentir a Katrina entre sus brazos le estaba provocando algo que nunca habría imaginado que podía provocarle ninguna mujer, y menos aquella, pensó él mientras se entregaba a su necesidad de llenar sus sentidos con el aroma, el sabor y el tacto de ella.

La sensación del cuerpo desnudo de él contra el suyo era lo más parecido al cielo, pensó Katrina, mientras recorría sus hombros con las manos con los ojos cerrados, para sentirlo mejor.

Si nunca volvía a darse una situación como aquella,

recordaría por el resto de su vida cómo era su piel empapada de sudor, su olor masculino mezclado con el de su colonia, sus músculos fuertes y definidos... y su erección. Aún no se había atrevido a tocarlo, pero podía sentir su pene hinchado y caliente apretándose contra ella. Se moría de ganas de tocarlo, de sentir cómo se endurecía más y más bajo su tacto, segura de que sería una sensación única.

Xander había tomado posesión de su boca de nuevo explorándola apasionadamente con la lengua, y sus manos acariciaban sus senos y jugueteaban con sus pezones.

Incapaz de contenerse, Katrina se retorció salvajemente contra él, arqueándose y cerrando los ojos mientras gemía de placer. Viendo su reacción, Xander se dio cuenta de que se estaba apoderando de él una feroz necesidad de dejarle huella de una forma que ella nunca lo olvidara, y que lo recordara como su único amante.

Acercó la cabeza a sus senos, jugueteando con la lengua sobre los pezones endurecidos. Katrina gritó de placer. No se dio cuenta de que le clavaba las uñas en la espalda, ni de que elevaba las caderas para apretarse más contra su erección, frotándose rítmicamente contra él para intentar aliviar el deseo que la poseía.

Su sensualidad lo estaba destrozando, pensó Xander, con una mezcla de ira y excitación. Cada movimiento de aquel cuerpo experimentado y ardiente estaba provocando una respuesta en él.

–Xander, te deseo tanto... –le murmuró ella al oído, y siguió explorándolo con la lengua.

Xander sintió que su capacidad de autocontrol explotaba en una incontenible lujuria.

–Vas a tenerme –le contestó–, todo entero. Y yo voy

a tenerte a ti. Voy a llenarte y a hacerte sentir como no lo ha hecho ningún hombre ni nunca lo hará... ¿Es eso lo que quieres?

–Sí. ¡Oh, sí! –gimió Katrina.

Hubiera respondido lo que él quisiera, hubiera hecho lo que él quisiera, tanto lo deseaba.

La mano de él estaba separándole los muslos, acariciando su piel suave y sedosa, y haciéndola estremecerse ante la intensidad de su deseo.

Colocó su mano sobre el sexo de ella, separó los labios exteriores y frotó la piel húmeda. Katrina escuchó el sonido de satisfacción de él al localizar su clítoris erecto y comenzar a acariciarlo de la forma más erótica, elevándola hasta un nivel de deseo y placer que casi no podía soportar.

Una vocecita dentro de Xander le dijo que lo que hacía estaba mal, pero quedó apagada por los gemidos de placer de Katrina y su propio deseo.

Nunca había deseado a una mujer como a aquella, ni sabía que era capaz de sentir una urgencia tan abrumadora. Se colocó entre los muslos abiertos y receptivos de ella. Katrina se estremeció. Vio a Xander sobre ella y sintió el corazón latiéndole como loco. Aquel era el momento, el momento de intimidad en el que tanto había pensado, con el que tanto había soñado con una mezcla de curiosidad y temor.

Levantó su mano hasta el rostro de él y le susurró como rogándole:

–Bésame...

Xander inclinó la cabeza y la besó profunda y largamente, mientras empujaba más allá de los hinchados labios exteriores de su sexo, y penetraba en el abrazo más íntimo de todos.

Katrina encontró su propia estrechez insoportablemente erótica.

Ingenuamente, ella no había esperado que fuera a dolerle, reconoció mientras su cuerpo se contraía ante la impresión; pero su deseo por él era mucho más fuerte que su impresión y su dolor. Se agarró fuertemente a él, ofreciéndose más, para que él la penetrara más profunda y más rápidamente.

Él sintió la barrera de la virginidad de ella y escuchó su grito ahogado, y se quedó perplejo.

Katrina se estremeció mientras el cuerpo de él se quedaba quieto dentro del suyo. El dolor había pasado, pero no las pequeñas y reveladoras contracciones de su interior. Se estaban intensificando, haciéndola moverse rítmicamente y cada vez con más urgencia contra él, obligándolo a unirse a ella.

Katrina lo oyó gemir y hundió sus dientes en su hombro, conforme mientras la excitación se apoderaba de ella y gritaba de placer. Los movimientos de él dentro de ella eran puro placer, y ella se entregó, dejándose llevar por lo que estaba experimentando, un orgasmo que la estaba haciendo temblar de pies a cabeza. Pero fue al sentir cómo Xander se derramaba dentro de ella cuando los ojos se le inundaron de lágrimas de emoción.

Dejando escapar un suspiro de placer, Katrina apoyó su cabeza en el hombro de Xander y se acurrucó contra él.

–¿Cómo es posible que fueras virgen?

Aquellas palabras duras e iracundas la confundieron. ¿Qué importaba lo que fuera cuando se sentía gloriosamente completada por él?

Xander estaba intentando recuperarse de la conmoción. Descubrir que ella era virgen y él había sido su primer amante lo cambiaba todo. Por cómo lo habían educado, se sentía moralmente responsable hacia ella.

–Deberías habérmelo dicho.

Sonaba frío y enfadado y, para disgusto suyo, Katrina descubrió que, en lugar de sentirse inmensamente feliz, se sentía totalmente miserable y a punto de llorar.

–Te dije que Richard no era mi amante –le recordó.

–Podías haberme dicho que me detuviera –dijo él, con una expresión en el rostro que Katrina no supo interpretar–. Para cuando me he dado cuenta de que debía parar, era demasiado tarde.

Él estaba criticándola por lo que había sucedido. ¿La culpaba? A pesar de su indignación, Katrina reconoció que él tenía razón. Ella podía habérselo dicho, pero había elegido no hacerlo, quizás porque había intuido que él no continuaría haciéndole el amor, quizás porque deseaba con todas sus fuerzas que él lo hiciera...

Además de ira, lo que empezaba a sentir a un nivel mucho más profundo y más doloroso era una mezcla de rechazo, desesperación y la certeza de que todo lo que ella había entregado en aquella intimidad sexual no era correspondido. Un escalofrío sacudió su cuerpo aún desnudo.

–Toma, ponte esto.

Katrina se tensó conforme él le ponía su propia bata, con el ceño fruncido, con movimientos precisos pero sin nada de ternura.

–Eres consciente, supongo, de que esto cambia todo entre nosotros. Si hubiera sabido que eras virgen, nunca...

Katrina trató de contener las lágrimas que inundaban sus ojos.

–¿Te das cuenta de lo despreciable que eres? –le
preguntó acaloradamente–. Cuando creías que Richard
era mi amante, te pareció perfectamente aceptable hacer... lo que has hecho, pero ahora que has descubierto
que era virgen, las cosas son distintas. ¡Puede que tú
sientas algo diferente hacia mí, pero yo sigo sintiendo
lo mismo hacia ti! De hecho, si acaso te desprecio más
ahora que antes. El tipo de hombre a quien yo puedo
respetar me valorará por mi persona, ¡no sólo por mi
virginidad! ¡Eres odioso y despreciable!

Vio el destello de orgullo en los ojos de él, pero no
se amilanó. ¡Tenía tanto derecho a decir lo que pensaba como él! En su interior, se sentía avergonzada y
se despreciaba por haber creído que él era alguien especial. Se había engañado a sí misma, y estaba pa-
gando el precio no con su virginidad, sino con su corazón.

Al menos, a partir de aquel momento podría des-
truir aquel floreciente amor al recordarse lo que había
sucedido aquel día y lo cruel que había sido él.

Las palabras furiosas de Katrina pillaron a Xander
desprevenido, igual que le había pasado con su deseo
hacia ella. La imagen que ella le devolvió de él le hirió
en su orgullo.

La había mentido al decirle que sólo había hecho el
amor con ella porque creía que tenía experiencia. La
verdad era que no había sido capaz de contenerse, pero
su orgullo le había impedido admitirlo ante ella, y ya
era demasiado tarde para decirle la verdad. También

era demasiado tarde para regañarse a sí mismo por no haber tomado precauciones. ¡Con los riesgos que existían, y él no se había contenido de ninguna forma!

Miró a Katrina. Su hermoso rostro ovalado estaba pálido y lo miraba con los ojos muy abiertos. Aunque tenía puesta la bata, seguía tiritando.

Bruscamente, Xander se puso de pie y, con una expresión grave y sin decir nada, subió a Katrina en brazos.

–¿Qué estás haciendo? ¡Bájame! –le ordenó Katrina inútilmente, mientras él la llevaba a la parte privada de la tienda.

El pánico se apoderó de ella. ¿Qué iba a hacer él? Pero en lugar de dirigirse al dormitorio, la llevó al pequeño cuarto de baño y se metió en la ducha con ella en brazos. La dejó en el suelo, le quitó la bata y cerró la puerta de la ducha.

–¿Se puede saber qué estás haciendo? –preguntó ella, pero su voz se perdió en el ruido de la ducha, que tuvo que reconocer que le agradaba.

–Estás helada y seguramente un poco en estado de choque –respondió él gravemente.

Era cierto que estaba temblando, reconoció Katrina, pero se debía más a los furiosos comentarios de él que a la intimidad que habían compartido.

Se arriesgó a levantar un poco la mirada hacia él. Xander la estaba enjabonando, y la expresión de su cara revelaba que no había nada sexual ni placentero para él en lo que estaba haciendo, algo que ella no podía decir, ya que su cuerpo no era capaz de tanta contención.

No era ninguna ayuda el hecho de que él estuviera tan desnudo como ella. Incapaz de evitarlo, Katrina deslizó su mirada por el cuerpo de él, y se tensó cuando vio que su pene no estaba pequeño y fláccido, como había supuesto que estaría, sino impresionantemente hinchado y firme. Frunció levemente el ceño de asombro.

–¿Qué sucede? –inquirió él.

Katrina sintió que las mejillas le ardían. No se había dado cuenta de que Xander la observaba tan detenidamente.

–Nada. Es sólo que... creí... –comenzó, enrojeciendo aún más cuando él miró su propio cuerpo.

–¿Creíste el qué? –le desafió él con frialdad–. ¿Que estaba planeando volver a acostarme contigo?

–¡No! –negó Katrina al momento y sinceramente, aunque sus pezones endurecidos indicaban que su cuerpo contemplaba esa posibilidad–. Sólo creí que tú... que después del sexo... Eres mucho más grande de lo que yo había imaginado.

–¿Lo habías imaginado?

La palabra se le había escapado sin darse cuenta, evocando las fantasías y pensamientos eróticos que había creado sobre él, y dejándola sin habla.

Xander se inclinó hacia delante, frotándole la espalda con la esponja, desde los hombros hasta sus firmes glúteos.

–¿Y qué habías imaginado exactamente? –le preguntó él suavemente.

–Nada –se apresuró a negar Katrina.

–Mientras que los hombres y las mujeres están básicamente hechos igual, dentro de esa igualdad hay tamaños diferentes, por esa razón debías haberme dicho que eras virgen –dijo él, mientras le aclaraba el jabón de la espalda–. Me sorprende que tus padres no te advirtieran de esta situación...

–No tengo padres –le informó Katrina tranquilamente–. Murieron en un accidente cuando yo era una adolescente.

–¿Un accidente?

–Eran científicos –explicó ella–. Estaban trabajando en una excavación en Turquía cuando el techo les cayó encima.

Escuchó que él contenía el aliento.

–No hace falta que me tengas lástima. No quiero la compasión de nadie. Me hace feliz al menos que murieran juntos, y estoy agradecida por el amor que me dieron y el que se tenían el uno por el otro.

Habló con una dignidad que de nuevo tocó un lugar íntimo de las emociones de Xander. Tuvo que contenerse para no rodearla con sus brazos y simplemente abrazarla.

–Quédate aquí –dijo secamente en su lugar, apagando la ducha y regresando al momento con una enorme toalla con la que la envolvió.

Cuando ella sintió su suavidad, él le explicó:

–Es algodón egipcio, y de la mejor calidad.

–Y el más caro –añadió Katrina, recordando quién era él.

Seguro que había adquirido las toallas de la misma forma que los libros pero, al recordar a dónde les habían llevado las acusaciones que ella le había hecho, decidió no desafiarlo una segunda vez.

Xander se sujetó su toalla por la cintura y comenzó a secar a Katrina, más enérgica que apasionadamente, advirtió ella. Cuando hubo terminado, la envolvió en otra toalla seca y la subió de nuevo en brazos.

–Puedo caminar, ¿sabes? –protestó ella molesta, pero no le sirvió de nada.

Percibió el aroma a limpio de la piel de él y sintió que el corazón se le revolucionaba. Se moría de ganas por acercar sus labios a su cuello moreno, y lamer y mordisquear el camino hasta su boca.

Un sentimiento cada vez más familiar de tensión sensual estaba empezando a formarse en su interior de nuevo. ¿Qué le había hecho él? ¿Cómo la había transformado de una ingenua virgen en una mujer con deseos y necesidades que lo deseaba otra vez?

Él la llevó al dormitorio y la depositó sobre la cama.

—Ahora descansa.

—No necesito descansar —protestó ella—. Sólo porque fuera virgen no significa que sea delicada.

Él estaba dándose la vuelta para marcharse, pero se detuvo y se la quedó mirando. Deslizó un dedo por el cuello de ella obligándola a que lo mirara.

—Puede que fueras virgen, pero estabas ansiosa y preparada para mí, ¿verdad?

Había subido su mano hasta sus labios y jugueteaba con el dedo pulgar sobre ellos. Katrina deseó abrirlos y saborear aquel pulgar juguetón que la atormentaba de placer.

—Respóndeme —repitió él, apartando su dedo.

—De acuerdo. Sí, lo estaba. Está claro que tú eres un amante experimentado —contestó ella sin ninguna emoción, decidida a no revelarle lo que realmente sentía.

—Estarás en mucha mejor posición de saber cuán experimentado soy mañana al amanecer —le dijo él burlonamente—. Apenas has empezado a vislumbrar cómo es el placer sensual, aunque debo admitir que eres una alumna extremadamente receptiva. ¿Tienes alguna idea de lo excitante que es para un hombre que una mujer le muestre lo receptiva que está hacia él? Descansa ahora, y esta noche te enseñaré lo que es el auténtico placer.

Su arrogancia era increíble, pensó Katrina furiosa, pero detrás de su enfado podía sentir lo excitada que estaba. Lo que estaba permitiendo que sucediera era muy peligroso, era consciente de ello, pero no podía evitarlo.

Debería odiarlo, despreciarlo y no amarlo. Debería...

¿Amarlo? Ella no lo amaba. No podía amarlo. ¿Qué le había traicionado poniendo esa palabra en su cabeza? Quizás lo deseara, quizás se sintiera excitada y atraída por él... ¡pero no lo amaba!

Capítulo 8

TACITURNO, Xander contempló el oasis, más allá del cual el sol se ponía en el horizonte.

En teoría, su única preocupación debería haber sido su medio hermano y el hecho de que al día siguiente era la fiesta nacional de Zurán, fecha elegida por Nazir para asesinar al soberano y dar un golpe de estado, según él.

Pero, en lugar de pensar en eso, su mente y sobre todo sus emociones, estaban centradas en Katrina.

A ella le había dicho y hecho cosas completamente extrañas para su modo habitual de comportarse, lo que le provocaba una mezcla de ira e incredulidad. A eso se añadía que sentía un deseo físico tan intenso que quería llevar a cabo la ridícula promesa que le había hecho antes. ¿Qué diablos le había hecho hablar así? Él no era tan vanidoso como para que la forma en que ella había mirado su miembro, asombrada e incrédula, le hiciera volver a querer escuchar sus gemidos de placer una y otra vez.

¿Dónde demonios estaban los agentes infiltrados? Deberían haber regresado al campamento con una garantía de que iban a arrestar a Nazir. Xander empezaba a temer que quizás no llegaran a tiempo, lo que significaría que tendría que encontrar una manera de detener a Nazir él solo.

Frunció la boca y una expresión grave nubló sus

ojos al ver a su medio primo salir de entre las tiendas y encaminarse hacia el oasis.

Inmediatamente, Xander le dio la espalda pero, como Nazir percibió de alguna manera su deseo de pasar desapercibido, lo llamó:

—¡Tú, ven aquí!

Fingiendo que no lo había oído, Xander comenzó a caminar.

—Detente o te disparo.

Estaban solos entre las palmeras y Xander sabía que Nazir era capaz de cumplir su amenaza. Aun así, se llevó automáticamente la mano a la daga de su cinturón. Al igual que el resto de los miembros de la Familia Real, había recibido entrenamiento militar, aunque nunca había matado a nadie, ni había imaginado que tendría que hacerlo. Pero parecía que el destino no le dejaba otra opción. Si ignoraba la orden de Nazir, él le dispararía. Y si la obedecía, Nazir descubriría enseguida su auténtica identidad y sabría que su complot había sido descubierto.

Agarrando su daga entre los pliegues de su túnica, Xander se giró para enfrentarse a su medio primo.

—Has tardado demasiado tiempo, tuareg —se burló Nazir—. Quizás debería matarte de todas formas.

Tenía la pistola en la mano y estaba apuntando al corazón de Xander.

Katrina inspiró profundamente y salió de la tienda. Tenía que encontrar a Xander y convencerlo para que la liberara. Había estado toda la tarde repasando lo que había sucedido entre ambos y era consciente de lo vulnerable que era ante él.

Aquella palabra temida, «amor», que se había colado antes en sus pensamientos, se había instalado dolorosamente en su corazón, haciéndole muy consciente del peligro en el que estaba. Odiaba la idea de rebajar su orgullo y hacerle un ruego a Xander, pero no tenía más opción. Le preguntaría qué rescate pensaba pedir por ella y encontraría la manera de reunir el dinero ella misma. Tenía la pequeña casa de Inglaterra que había heredado de sus padres, seguro que de ahí podía sacar algún dinero.

Había esperado tan pacientemente como había podido a que él regresara, pero se le había agotado la paciencia y había decidido salir a buscarlo. Pronto sería de noche, y una vez que estuviera a solas con él en la intimidad de su tienda, temía flaquear.

El instinto la llevó hasta el oasis. Y se quedó paralizada ante lo que estaba sucediendo.

El hombre que apuntaba a Xander con una pistola tenía un aire de autoridad sobre él, y cruzó por su mente la idea de que tal vez había acudido al oasis buscándola a ella, alertado por Richard.

Xander estaba a varios metros de él.

–Acércate –escuchó Katrina que le ordenaba el hombre a Xander.

El corazón le latía acelerado y un sentimiento de dolor y ansiedad se apoderó de ella. Xander era un ladrón, un secuestrador, se recordó a sí misma. No le debía ninguna lealtad.

Xander no se había movido.

–¿Vas a desobedecerme, tuareg? Muy bien...

Había un placer malévolo en la voz del hombre.

Iba a disparar a Xander... ¡a matarlo! Katrina se acercó corriendo.

–¡No!

Los dos hombres se giraron hacia ella.

–¡Katrina! –exclamó Xander mientras se abalanzaba sobre ella, pero fue demasiado tarde.

Por muy rápido que fuera, no tenía la velocidad de la bala.

Katrina sintió que le impactaba con una sensación de incredulidad y desconcierto que se transformó inmediatamente en un intenso dolor.

Vio a Xander delante de ella, moviendo los labios mientras le hablaba, pero el dolor no le permitió responder. La estaba arrastrando a un terreno frío y oscuro. Pero al menos Xander estaba a salvo, el hombre no lo había matado.

Su último pensamiento antes de perder la consciencia fue la certeza de que Xander la sujetaba entre sus brazos. Pero ni siquiera la calidez de sus brazos fue suficiente para detener el frío que estaba apoderándose de sus venas y arrancándola de él.

Capítulo 9

KATRINA?

A regañadientes, Katrina abrió los ojos y miró el rostro de la enfermera uniformada que le sonreía. Tenía la boca seca y le dolía la cabeza, no era capaz de pensar con claridad. Imágenes confusas a cámara lenta llenaban su mente.

Estaba tumbada en una cama de hospital, pero la habitación no se parecía a ninguna de las que ella había visto en los hospitales. Parecía más bien como una habitación de superlujo de un hotel.

Intentó incorporarse, pero la enfermera negó con la cabeza y le mostró a Katrina un complicado dispositivo de control remoto.

–Puede variar la posición de su cama con esto –le informó a Katrina–. El médico vendrá enseguida a verla. ¿Tiene algún dolor? Anoche le suministramos un analgésico por vía intravenosa después de la operación para extraer la bala de su brazo.

¡La bala! La inquietud se apoderó de Katrina conforme iba recordándolo todo: Xander, el desierto, el hombre con la pistola, Xander... Xander...

–¿Dónde estoy? ¿Dónde está...?

–Está usted en la sala especial para altos cargos del hospital de Zurán –le contestó la enfermera dándole importancia, impresionada con el honor que se le había concedido a Katrina–. El soberano en persona ha pedido al jefe de cirugía que se le informe de su progresión cada hora, y Su Alteza la esposa del soberano va a visitarla esta mañana. Han traído como regalo algunas prendas de ropa. No podía usted recibirla con lo que llevaba cuando la trajeron aquí, ¡hubiera sido una vergüenza!

¿La sala para altos cargos del hospital de Zurán? ¿Cómo había llegado hasta allí? No recordaba nada después de la explosión de dolor al recibir el disparo.

–Permita que le sirva agua –se ofreció la enfermera–. Debe beber todo lo que pueda para limpiar su organismo de la anestesia y para prevenir la deshidratación.

Katrina abrió los ojos atónita al ver que la botella que sacaba de una pequeña nevera llevaba el emblema de la Casa Real. Pero mientras bebía con fervor el agua cristalina, no pensaba en su propia situación, sino en la de Xander. ¿Dónde estaba?

–El hombre... –comenzó dubitativa.

La enfermera la hizo callar, con una expresión de desprecio y enfado instalándose en sus ojos.

–Ha sido detenido por los agentes especiales del Consejo de Gobierno. Afortunadamente, llegaron al campamento del renegado El Khalid a tiempo de presenciar todo. Fueron ellos los que la trajeron inmediatamente a la capital. El Consejo decidirá el destino último de ese villano incalificable, pero no hay duda de que recibirá su merecido. ¡Un hombre como ése se merece un castigo por lo que ha hecho!

Katrina sintió el corazón cada vez más pesado con cada palabra de la enfermera.

–¿Dónde está ahora? –preguntó con un hilo de voz.

Su mente medio drogada estaba pensando pedir clemencia para Xander, preguntándose cuánto dinero podría obtener por su casa y si sería suficiente para comprar su libertad.

De pronto se dio cuenta de lo que significaban sus
pensamientos. Se había dicho a sí misma que no
amaba a Xander, pero entonces ¿por qué se sentía
como se sentía? Sin duda sería más apropiado sentirse
aliviada por haber escapado al fin de él. Debería querer apartar de su mente lo que le había sucedido con
Xander para siempre. ¡Y en lugar de eso, estaba prepa-
rando un plan desesperado para ayudarlo!

–Los agentes especiales lo han ingresado en prisión,
donde permanecerá hasta que se celebre el juicio. Su
Alteza, en un comunicado a la nación, nos ha alertado
esta mañana de lo que había sucedido, y de la valentía
de su hermanastro el jeque Allessandro, que ha sido
quien ha descubierto el complot contra el soberano. El
jeque Allessandro se unirá a Su Alteza en su paseo tradicional dentro de las celebraciones de la fiesta nacional. Encenderé la televisión para que pueda ver la cele-
bración –le dijo la enfermera con entusiasmo.

Katrina se sentía demasiado desesperada como para
responder. Intentó recordarse que todo el tiempo había
sabido lo que era Xander, y lo mucho que difería su
moralidad de la de ella. Se había prevenido a sí misma
del peligro emocional que suponía creer sus fantasías
sobre él, ¡pero había hecho justamente lo que se había
prometido que no haría!

Intentó imaginarse a Xander en una celda, con sus
rasgos orgullosos transformados por el miedo, pero no
fue capaz. La imagen de él que se había grabado en su
mente era la de un Xander alto y magnífico.

–¿De qué le van a acusar? –preguntó a la enfermera con voz ronca.

–De traición. Se ha atrevido a poner en peligro la vida de nuestro amado soberano –contestó ella.

Katrina ahogó un pequeño sonido de angustia que la enfermera no oyó, ya que estaba demasiado ocupada encendiendo la televisión.

En cuanto la enfermera se hubo marchado, entró el doctor. Katrina se quedó rígida en la cama, consumida por la desesperación y la ansiedad por Xander, mientras el médico examinaba su brazo.

–Es usted una mujer muy afortunada –le dijo con benevolencia–. Unos pocos centímetros más y la bala le hubiera perforado el corazón. Por si le interesa, no está usted sola. No he tenido que preocuparme por tener que informar a Su Alteza de que estaba gravemente herida. Él ha estado junto a usted preocupándose en todo momento.

El médico estaba intentando ser amable, concluyó Katrina, obligándose a sonreír ante sus comentarios jocosos.

–Excelente –dictaminó él cuando terminó de examinar la herida–. Se va a recuperar perfectamente. ¡Ha tenido mucha suerte!

Puede que ella hubiera tenido suerte, pero Xander no la había tenido. Katrina sentía que cada fibra de su cuerpo se moría de ansiedad por él. Quería estar con él, asegurarle que haría todo lo que pudiera para ayudarlo.

Cada segundo que pasaba en el hospital era un segundo perdido, un segundo que podía pasar junto a Xander.

–¿Cuándo podré marcharme? –preguntó al médico con impaciencia.

Él frunció los labios pensativo, y le contestó arrugando la frente.

–Desde luego no antes de otras veinticuatro horas. Si hay algún problema y cree que no hemos cuidado adecuadamente de usted, por favor dígalo. No me gustaría que Su Alteza creyera que usted no ha quedado satisfecha con el trato recibido aquí.

Miró a Katrina con tanta preocupación que ella sintió una inmediata punzada de culpa.

–No se trata de eso –dijo ella, intentando que se sintiera más seguro–. Es sólo que...

¿Cómo podía explicarle por qué tenía tantas ganas de salir de allí?

El buscapersonas del médico comenzó a sonar, y él comprobó el aviso.

–Su Alteza la esposa del soberano viene a verla –anunció a Katrina–. Haré venir inmediatamente a una enfermera para que la ayude a prepararse para la visita.

Se fue antes de que Katrina pudiera decir nada, y al momento entró una enfermera joven con varias bolsas lujosas.

–Debemos darnos prisa. Sólo tenemos media hora antes de que llegue Su Alteza. Le prepararé el baño, aunque debemos mantener seco el vendaje de su herida.

Fue como verse dentro de un pequeño huracán, pensó Katrina. Fue conducida amable pero firmemente a un cuarto de baño dentro de la habitación que la dejó boquiabierta de lo lujoso que era. Se metió en el agua y diez minutos después estaba envuelta en una espesa toalla blanca, con los ojos inundados de lágrimas al recordar otro baño y otra toalla, y a Xander diciéndole que el mejor algodón era el egipcio. ¡Xander! Se le hacía insoportable pensar en las condiciones en las que estaría detenido en aquel momento, en contraste con el lujo que la rodeaba a ella.

Parecía que, para la visita de la consorte, el protocolo exigía que estuviera completamente vestida.

Pero Katrina descubrió enseguida que no iba a llevar su ropa, sino que tenía que elegir entre lo que la enfermera había ido sacando de las bolsas y colocado sobre la cama.

—Esta ropa es de diseño, muy cara —protestó Katrina—. No puedo permitirme pagarla.

—Es un regalo de Su Alteza —le explicó la enfermera, y añadió al ver que Katrina fruncía el ceño—. Sería un insulto hacia ella si usted rechaza su regalo.

A regañadientes, Katrina escogió uno de los conjuntos, unos pantalones mezcla de lino y seda color crema y una blusa tipo casaca de manga larga a juego. Le perturbó un poco escoger también un conjunto de ropa interior de seda delicadamente bordado, porque sabía lo caro que debía de ser y sabía que insistiría en pagarlo ella.

Mientras contemplaba en el espejo cómo el sujetador realzaba sus senos y las bragas moldeaban sus glúteos firmes y redondeados, no pudo evitar pensar que escogería un conjunto así para ponérselo ante Xander.

—Dese prisa. Su Alteza llegará enseguida —le urgió la enfermera, indicándole que se sentara en el tocador—. Le secaré el pelo.

Katrina quiso protestar que podía hacerlo ella, pero reconoció que con el brazo herido le resultaría difícil.

Diez minutos más tarde, cuando Katrina tenía el

pelo seco y cepillado, llamaron de pronto a la puerta y
entró otra enfermera anunciando que la esposa del soberano había llegado.

—La recibirá en la sala de espera para altos cargos
—anunció a Katrina—. La acompañaremos hasta allí.

¡Un hospital con una sala de espera para altos cargos!, pensó Katrina maravillada mientras la guiaban
por un pasillo ricamente alfombrado hasta una puerta
donde le esperaba el médico.

—Su Alteza la recibirá ahora —informó a Katrina,
abriéndole la puerta.

La primera impresión de Katrina fue de sorpresa al
ver que la esposa del soberano era diminuta. Estaba
sentada sobre un estrado elevado, y cuando vio a Katrina le hizo una señal para que entrara en la habitación.

Aunque no había planeado hacerlo, Katrina se sorprendió haciendo una inclinación de cabeza, según indicaba el protocolo que había estudiado antes de viajar
a Zurán. Pero para su sorpresa, cuando la puerta se cerró y se quedaron a solas en la habitación, la mujer se
levantó de su asiento y le indicó a Katrina que la mirara.

Se acercó a ella retirándose el velo de la cara, tomó
las manos de Katrina entre las suyas y la besó primero
en una mejilla y luego en la otra.

—Estamos en deuda contigo —le dijo, con tal emoción que Katrina se sintió abrumada.

—Yo no he hecho nada, Alteza...

—Tu modestia es conmovedora, pero innecesaria, ya
que sé todo lo que te debemos. Espero que el brazo no
te esté causando muchas molestias. El cirujano dice
que te recuperarás completamente y que no te quedará

cicatriz. Su Alteza me ha pedido que te comunique su deseo de que le perdones por ser la causa de tu sufrimiento. ¡No quiero ni imaginar qué habría sucedido si ese bandido hubiera llevado adelante sus planes de asesinato!

Katrina inspiró profundamente. Tal vez fuera en contra del protocolo, pero tenía que intentar hacer todo lo que pudiera por Xander.

–¿Puedo hablar, Alteza? –preguntó, pero sin esperar respuesta se lanzó a hablar–. Sé que lo que Xander planeaba hacer era algo terrible y... puedo entender por qué debe someterse a juicio, pero... ¿puedo rogar por que se tenga clemencia con él? Sinceramente, no creo que sea un hombre malo, aunque...

Katrina sabía el riesgo que estaba corriendo, y lágrimas de temor inundaron sus ojos. La esposa del soberano la miraba con el ceño fruncido de tal forma que Katrina no se atrevió a continuar. Tenía la boca seca y el corazón desbocado de la tensión.

–¿Xander? –preguntó Su Alteza, con una expresión en el rostro que Katrina no supo definir–. ¿Así que deseas pedir clemencia para ese... Xander?

Katrina asintió como atontada, sin atreverse a hablar.

–Fuiste secuestrada por los hombres de El Khalid y has sufrido grandes humillaciones con ellos. En lugar de estar pidiendo clemencia por... uno de ellos, deberías estar urgiendo a mi marido para que lo castigara más severamente.

–No estoy diciendo que no deba ser castigado... Sólo digo que la forma en que me protegió debería tenerse en cuenta durante el juicio.

–Hablaré con mi esposo –afirmó la consorte, regresando a su asiento–. Parece que eres compasiva además de modesta. Son excelentes virtudes para una esposa... y madre.

Katrina reaccionó tarde al tono divertido de Su Alteza, y al levantar la vista vio, justo antes de que se cubriera el rostro, que sonreía ampliamente, como si algo le divirtiera.

–¡Espero que esc... Xander sea consciente de la admiradora tan apasionada que tiene en ti! –murmuró–. De hecho, ¡casi parece que te has enamorado de él!

Diez minutos más tarde, cuando la audiencia hubo terminado y Katrina regresó a su habitación, aún tenía el estómago revuelto por la tensión. La televisión seguía encendida y le prestó atención unos segundos. La gente de Zurán esperaba en las calles el tradicional paseo del soberano entre su gente.

Katrina sabía que el soberano de Zurán era tenido en muy alta consideración no sólo por su gente, sino también por la comunidad internacional. Era considerado un líder innovador y progresista que había mejorado mucho la vida de su gente. Gracias a él, Zurán se había convertido en uno de los principales destinos de vacaciones de lujo. Sus caballos de carreras y la carrera Copa de Zurán eran famosas en todo el mundo, así como el torneo de golf y el circuito internacional de fórmula uno cuya creación había impulsado.

¿Cómo demonios había llegado Xander a verse envuelto en un complot para derrocar a un hombre tan fabuloso y así lograr desestabilizar la situación política y económica del país?

Pero ya sabía la respuesta, reconoció sombría. Xander haría cualquier cosa por dinero. ¡Incluso había sido capaz de fingir que se casaba con ella para obtener su dinero!

¿Por qué no podía despreciarlo, como sabía que debería hacer, en lugar de despreciarse a sí misma por sentir lo que sentía hacia él?

Miró la pantalla del televisor distraídamente. El soberano iba acompañado en su paseo por otros hombres con altos cargos, y el locutor estaba explicando a los telespectadores quién era cada uno.

—Su Alteza está acompañado por varios miembros de su familia, el más importante de los cuales es su medio hermano y salvador, el jeque Allessandro Bin Ahmeed Sayed. La madre del jeque Allessandro, como muchos de ustedes sabrán, fue en un principio la institutriz inglesa de Su Alteza, antes de casarse con el padre de este. De todos es conocida la enorme cercanía entre Su Alteza y su hermanastro. Pero ahora ese lazo se ha apretado aún más con la audaz decisión de este de buscar personalmente al potencial asesino de Su Alteza.

—Y ahí está el jeque Allessandro, a la derecha de nuestro amado soberano.

Katrina buscó el mando con amargura. No quería ver al hombre que había metido a Xander en prisión, pero era demasiado tarde. La cámara enfocaba su rostro.

¡Y era un rostro tan familiar para ella como el suyo propio!

Paralizada por la conmoción y la incredulidad, Katrina se quedó mirando la pantalla sin pestañear.

—¡Xander! –susurró como atontada, intentando negarlo.

¡No podía ser! ¡Pero era!

El hombre que estaba junto al soberano, el hombre del que el locutor estaba contando maravillas, al que había denominado jeque Allessandro y medio hermano del soberano... ¡era Xander!

Parpadeó y volvió a concentrarse en la pantalla, pensando que tal vez estaba alucinando... Pero no, no lo estaba. Xander no estaba encerrado en ninguna celda terrible, sino que caminaba libremente por las calles de Zurán, alabado y admirado por todos. Xander no era un tuareg sin un centavo, era un hombre extremadamente rico. Pero era un mentiroso y un ladrón. Le había mentido deliberadamente, y le había robado... el corazón.

No le extrañaba que la esposa del soberano se hubiera reído cuando ella había pedido clemencia para él.

Notó que le invadía una ola de amargura y desprecio hacia sí misma. ¡Seguro que Xander se divertía enormemente al conocer lo que se había preocupado por él! Enfadada, apagó el televisor.

Bueno, Xander podía reírse todo lo que quisiera, ella no pensaba oírlo. ¡Ella se iba a su casa, a donde pertenecía, en aquel preciso momento! Pulsó el timbre para que acudiera una enfermera. Se había dejado el bolso en el coche de Richard antes de que toda aquella pesadilla comenzara, y en él llevaba el pasaporte y las tarjetas de crédito, así que los recuperaría y se dirigiría directamente al aeropuerto. Y se quedaría allí hasta que obtuviera un asiento en un vuelo de regreso a Inglaterra.

Cuando apareció la enfermera, Katrina le dijo con voz temblorosa:

–Me gustaría que me diera mi ropa, por favor, la que vestía cuando llegué. Y también necesito un taxi.

–¿Un taxi? –preguntó la enfermera, confundida–. Pero usted no puede abandonar el hospital hasta que no reciba el alta.

Katrina elevó la barbilla.

–Me doy el alta yo misma. ¿Dónde está mi ropa? –insistió.

–Voy... voy a buscarla –respondió la enfermera.

Tal vez fuera una buena idea telefonear a Richard para advertirle de que iba para allá, pensó Katrina. Así, él le tendría preparados los papeles cuando ella llegara. Y quizás debía también telefonear al aeropuerto para averiguar cuándo salía el siguiente vuelo.

Le pareció que pasaba mucho tiempo hasta que la enfermera regresó con su ropa.

–Tiene usted un coche a su disposición –le informó a Katrina–. Pero el médico debe examinarla antes de que usted se marche.

–¡No! No necesito que me examine. Estoy bien. Gracias por traerme mi ropa –le dijo Katrina con aspereza.

Se daba cuenta de que a la enfermera no le gustaba la situación, pero no intentó discutir ni tratar de convencerla, lo que Katrina agradeció enormemente.

Diez minutos más tarde, Katrina esperaba en la recepción para altos cargos del hotel, sintiéndose más débil de lo que quería admitir.

–Pedí un taxi hace un rato –le dijo a la recepcionista.

–¡Oh! –exclamó la muchacha.

Por alguna razón, la recepcionista pareció ponerse

nerviosa y miró hacia las puertas ahumadas con cierta ansiedad.

–Sí. Una limusina la está esperando.

¡Una limusina! Con arrepentimiento, Katrina fue consciente de que la mayoría de los pacientes de aquel hospital ni siquiera habían viajado nunca en taxi. Le dio las gracias a la muchacha y se encaminó a la salida. Las puertas se abrieron automáticamente, y al salir el sol brillaba tanto que la cegó unos instantes.

Una limusina impecable con las ventanas tintadas se detuvo delante de ella. El conductor salió del vehículo, hizo a Katrina una reverencia y le abrió la puerta del coche. Cuando comprobó que estaba cómodamente sentada, volvió a su puesto tras el volante.

El coche era realmente lujoso, reconoció ella mientras acariciaba la tapicería de cuero.

–Voy al aeropuerto –le dijo al chófer–. Pero antes necesito detenerme en un sitio, en el número 39 de la calle Bin Ahmed, por favor.

Para su sorpresa, el chófer activó una separación de cristal entre ella y él, y acto seguido Katrina frunció el ceño al reconocer el sonido del bloqueo de las puertas.

¿Acaso aquel hombre pensaba que ella no iba a pagarle?, se preguntó atribulada, mientras el coche se unía al intenso tráfico.

Sintió una punzada de dolor en el brazo, y concluyó que los calmantes que le habían dado en el hospital debían de estar dejando de hacer efecto.

A pesar de lo cómodo que era el vehículo y de lo refrescante que resultaba el aire acondicionado, Katrina comenzó a sentirse ligeramente enferma y temblorosa. ¿Era un signo de que no estaba tan recuperada como ella creía?

Bueno, visitaría a su propio médico cuando estuviera de vuelta en su casa de Inglaterra, se dijo tercamente.

No sabía cómo estaba de lejos el hospital del lugar donde se hospedaba la expedición científica, donde también estaba la oficina, pero a Katrina le pareció que tardaban demasiado tiempo en llegar. Estaban transitando una calzada impresionantemente ancha. La mediana y los bordes estaban adornados con una apabullante variedad de plantas, y a un lado estaba el mar y al otro el desierto.

Katrina comenzó a preocuparse. ¿Habría confundido el conductor sus instrucciones, y la estaba llevando directamente al aeropuerto? Ella no recordaba que aquel fuera el camino, pero obviamente una carretera tan formidable tenía que conducir a algún lugar importante.

Se inclinó hacia delante y golpeteó el cristal que la separaba del conductor para llamar su atención, pero él no le hizo caso.

¿La habría oído? El coche comenzó a aminorar la marcha y Katrina vio un enorme muro que se alargaba hasta el desierto por un lado y hacia el mar por el otro. A través del cristal tintado, vio a unos centinelas que custodiaban unas puertas doradas adornadas con diseños tradicionales y vívidos esmaltes.

Parecían salidas de un cuento de hadas árabe, pensó ella maravillada al ver que las puertas se abrían a su paso, dándoles acceso a un patio.

El coche se detuvo a una señal de los centinelas. Katrina contempló nerviosa el entorno. ¿Dónde estaba? Y, sobre todo, ¿qué estaba haciendo allí? De pronto, una figura salió de entre las puertas y Katrina se puso rígida. ¡Era Xander!

Uno de los guardias abrió la puerta del coche, pero fue Xander quien se inclinó para ayudarla a salir y quien la tomó del brazo cuando ella se apartó automáticamente de él.

—No voy a ir a ningún lugar contigo —afirmó ella, comenzando a sentir pánico—. Así que, ya puedes decirle al conductor que dé la vuelta y...

—Tienes dos opciones, Katrina: o sales del coche por propia voluntad, o...

Terminó la frase con una mirada muy expresiva a los guardias que estaban alrededor.

A regañadientes, Katrina salió del coche, fulminando a Xander con la mirada mientras él la conducía a través de las puertas.

—No tienes buen aspecto. Ha sido una absoluta tontería que te marcharas del hospital. El médico me ha llamado y estaba enormemente preocupado —comentó Xander.

Estaban en una habitación fresca, de techos altos, con una escalera que llevaba a una galería que ocupaba toda la pared interior. Se detuvieron.

—El médico no tiene derecho a contarte mis asuntos —le dijo ella.

—Al contrario, tiene todo el derecho —le corrigió Xander—. ¡Ya que soy tu esposo!

Katrina casi se desmayó del susto.

—Eso no es cierto —negó con voz temblorosa.

—Mi hermano cree lo contrario —le anunció él con frialdad—. Sobre todo ahora que su mujer le ha contado la conversación que ha tenido contigo, en la que tú le pedías que tuviera clemencia y compasión conmigo...

—Eso ha sido antes de que supiera que tú no eras Xander el ladrón, sino el jeque Allessandro el mentiroso –le interrumpió ella amargamente, conmocionada porque se hubiera enterado de su conversación con la soberana.

–Ven conmigo –indicó él–. ¡El vestíbulo del palacio de mi hermano no es lugar para discutir esto!

¡Aquello era un palacio! Debería haberlo adivinado, se dijo Katrina, medio atontada por la intensidad de las emociones encontradas que la inundaban.

Xander acababa de decir que era su marido. Pero no lo era. No de verdad. ¡No podía ser! ¿O sí?

Él la había agarrado del brazo, así que no le quedaba más opción que caminar junto a él atravesando una de las puertas y luego un largo pasillo que daba a un pequeño jardín.

–Este es el jardín privado de mi hermano, que me ha concedido el honor de traerte aquí para que podamos hablar en privado –anunció él.

Katrina apenas percibía el entorno, porque sus ojos estaban inundados de lágrimas de ira.

–No tenemos nada privado de lo que hablar –le espetó.

–¿Ah, no? ¿Por qué le rogaste a mi cuñada para que intercediera por mí?

–Hubiera hecho lo mismo con cualquiera que supiera que iba a enfrentarse a la misma sentencia. Creía que eras un ladrón, pero estaba segura de que no eras un asesino. No lo he hecho por... ¡por nada más! Pero no estabas enfrentándote a una acusación de traición, ¿verdad? ¡Y tu cuñada no me lo dijo! Tuve que averiguarlo al verte por televisión.

Ella podía sentir y escuchar la amargura y la conmoción que llevaba en el corazón, volcándose en su voz.

–Mi cuñada se ha adelantado a mis propios planes al hacerte la visita antes de que yo pudiera hablar contigo –explicó él.

Había hablado con voz forzada, percibió ella. ¿Sería de arrepentimiento o de falta de interés?, se preguntó. Tenía que ser lo segundo.

–No podía contarte nada mientras estábamos en el desierto –continuó él–. La seguridad de mi medio hermano era más importante.

–Tu medio hermano –repitió ella con amargura–. También me mentiste sobre eso, ¿no?

Como él se quedó callado, Katrina explotó:

–¿De verdad piensas que querría estar casada con alguien como... con un hombre que... que representa todo lo que desprecio?

Estaba temblando con tanta fuerza que casi no podía tenerse en pie, pero afortunadamente Xander le daba la espalda, no podía ver lo agitada y afligida que estaba.

–Además, tú mismo me dijiste que la ceremonia que celebramos no era legalmente vinculante. No eres mi marido, Xander.

–Desgraciadamente, lo que tú o yo queramos no importa en Zurán. Mi hermanastro no es ni mucho menos un déspota, pero tiene ciertas creencias, y cierta terquedad, si prefieres decirlo así, que va unida al hecho de ser el soberano. Considera que las tradiciones de nuestros ancestros son sagradas, y por deber moral hay que respetarlas. Tú y yo nos casamos según esas tradiciones, y por tanto él siente...

–¿Cómo lo ha sabido? –preguntó Katrina ferozmente, sin percibir el revelador momento de duda de él antes de contestar.

–El Khalid fue sometido a un interrogatorio por las fuerzas de seguridad de Zurán.

–¿Y él se lo contó? ¡Pero una ceremonia como aquella no puede tener validez legal! –protestó Katrina.

–A los ojos del mundo no la tiene, por eso mi hermano ha organizado un matrimonio civil inmediato y discreto.

–No, de ninguna manera. ¿Y a qué te refieres por «inmediato»?

–A inmediato –repitió él, ignorando la angustia de ella–. Nos están esperando.

–¡No tienes ningún derecho a esto! No puedes hacer que me case contigo, Xander –protestó Katrina–. Soy ciudadana británica, y si quiero abandonar Zurán, lo cual deseo, puedo ahora mismo...

–Según la ley de Zurán eres mi esposa, y como tal, miembro de la Familia Real. ¡Y ningún miembro de la Familia Real puede salir del país sin el consentimiento de mi hermano!

Katrina se lo quedó mirando, incrédula.

–¿Por qué estás haciendo esto? –le preguntó en un susurro tembloroso–. La idea de casarnos debería resultarte tan horrenda como a mí. ¡No puedes querer casarte conmigo cuando yo no quiero casarme contigo!

–Es mi deber hacer lo que mi hermano me ordena y además, como yo he sido el primer hombre...

Katrina sintió náuseas.

–¡Te vas a casar por ese motivo! Pero eso es... arcaico... medieval –protestó Katrina, en un murmullo.

–¡No permitiré que mi hijo no lleve mi nombre! –exclamó Xander fríamente.

Katrina sintió que se le quedaba la boca seca.

–¿Qué hijo? No va a haber ningún hijo –afirmó, obligándose a no mirarlo a los ojos.

Y contuvo el aliento, esperando que él la acusase de mentir, pero en lugar de eso él simplemente dijo:

–Vamos... nos están esperando.

Ella no quería ir. Aparte de todo, el dolor de su brazo se había intensificado hasta el punto que tenía que apretar los dientes para no gritar. Pero por la expresión del rostro de él, sabía que era capaz de subirla en brazos y llevarla hasta la boda, si se negaba a caminar por sí misma.

No estaba vestida ni mucho menos como una novia, pensó Katrina quince minutos después, mientras Xander y ella asistían a la ceremonia que legalizaba la boda del desierto. Pero tampoco se sentía como una novia. Ni Xander parecía ningún novio exultante con su boda.

Él le tomó la mano, según le había indicado el oficial que los estaba casando. Para disgusto de Katrina, su mano tembló al sentir el tacto de él.

Xander sacó una reluciente alianza de oro y la deslizó en su dedo anular. Katrina tenía los dedos helados, pero el brazo le ardía, igual que la cabeza, y unas oleadas de dolor cada vez más intensas estaban apoderándose de ella.

–Puedes besar a la novia.

Katrina sintió que se estremecía al ver que él se inclinaba sobre ella. Cerró los ojos para no ver su rostro, incapaz de soportar que su realidad no tuviera nada que ver con lo que había soñado.

Él apenas le rozó los labios. Era una parodia del beso que un recién casado le daría a su nueva esposa. El dolor tanto físico como emocional se adueñó de ella, que intentó separarse.

–Eres mi esposa. No retrocederás ante mí como si estuviera contaminado –le dijo Xander al oído con ferocidad.

Al instante ella abrió los ojos, apabullada tanto por la furia de él como por la mala interpretación de sus acciones. Observó fugazmente su rostro. Parecía de piedra, tan duro, frío e impenetrable como el granito.

Le estaba agarrando los brazos con tanta fuerza, que la hizo gritar. Pero ahogó el sonido cubriendo su boca con la suya, besándola con una furia salvaje.

Ella escuchó un zumbido en sus oídos y sintió que se desmayaba. Sólo el fuerte brazo de Xander evitó que se desplomara sobre el suelo.

Capítulo 10

KATRINA abrió los ojos y movió el brazo con mucho cuidado. ¡No le dolía!

–Qué bien que te hayas despertado. Enviaré ahora mismo el recado a Xander. Está terriblemente preocupado, y casi ha hecho un agujero en la alfombra del vestíbulo de acceso a las habitaciones femeninas.

¡Xander estaba preocupado por ella! Katrina giró la cabeza para que la esposa del soberano no viera su expresión.

–A nuestro médico no le ha gustado nada que abandonaras el hospital sin su consentimiento. Quería volver a ingresarte, pero Xander ha preferido que te quedaras aquí.

«Para que no pueda escaparme de él», pensó Katrina descorazonada.

–No deberías sentir ningún dolor, porque el médico ha autorizado que se te dé medicación. Pero si te duele, avísame y se lo diré a Xander, para que le pida al médico que te haga una visita.

–No me duele –comentó Katrina, con la lengua acartonada.

No era cierto. Quizás el brazo no lo sintiera, pero el tipo de dolor que estaba experimentando no podía curarse con medicinas, y la acompañaría por siempre.

–¡Mi marido está tan contento de que Xander haya

encontrado por fin a la mujer apropiada! Una mujer que lo ama y que comprende la complejidad de su herencia mixta –dijo la consorte.

Katrina recordó entonces el último comentario de la mujer en su anterior visita, ¡había dicho que Katrina era una mujer enamorada! Katrina intentó protegerse.

–Creo que ha habido algún error –comenzó firmemente, pero la mujer la detuvo.

–Mi marido, nuestro amado soberano, no comete errores –explicó amablemente–. Ama a su familia y sabe qué es lo mejor para ella. Xander ocupa un lugar especial en su corazón, no sólo porque sea su medio hermano, sino porque fue la madre de Xander la que lo educó cuando era pequeño, cuando no tenía madre. Llevaba mucho tiempo preocupándose porque Xander no tenía esposa. ¡Pero ahora ya está tranquilo!

–Todo eso está muy bien pero, ¿y mis sentimientos? –protestó Katrina, incapaz de contenerse.

La consorte la miró con el ceño ligeramente fruncido.

–Pero tú amas a Xander –le aseguró–. ¡Me rogaste que le pidiera a mi marido que tuviera clemencia con él!

–¡Eso fue antes de que supiera quién era! Él me mintió –replicó Katrina con amargura–. Me permitió creer que era un ladrón y un...

–¡No tenía otra opción! Era su deber procurar la seguridad de su medio hermano lo primero –continuó la soberana–. Deberías estar orgullosa de su lealtad a su hermano y a Zurán. Y además, después de lo que pasó en el oasis, mi esposo ha decretado que vuestro matrimonio quede legalizado. Como tú eres una mujer joven y estás sola en nuestro país, mi marido considera que es su deber protegerte, a ti y a tu reputación, y hacer lo que sea mejor para ti. No podía permitir que Xander te abandonara después de lo que ha pasado. ¡Has vivido con él como su esposa!

–¡Él me aseguró que la ceremonia no significaba nada! –replicó Katrina con desesperación,

Pero se dio cuenta de que estaba malgastando el aliento. A la soberana le parecía inconcebible que ella no se casara legalmente con Xander. Pero Katrina lo único que veía era un futuro lleno de dolor y miseria.

–A Xander le gustará saber que ya te sientes mejor. Quiere que partáis hacia las montañas esta noche, para que viajes cuando hace menos calor. Le he ordenado a una de mis doncellas que te prepare las maletas. Espero que te gustara la ropa que te mandé al hospital. Xander te abrirá cuentas de crédito con los diseñadores que elijas cuando regreséis a Zurán. Tenemos la costumbre de que los recién casados pasen todo un mes juntos, conociéndose el uno al otro, y estoy segura de que te va a encantar la casa de la montaña. Era del padre de Xander, la construyó para su madre.

Katrina quiso protestar diciendo que el único lugar al que deseaba ir era a Inglaterra, pero sabía que no serviría de nada.

Cerró los ojos cansada, deseando que apareciera una alfombra mágica que la sacara volando de la vida indeseada e insoportable que se le presentaba por delante.

–¿Estás segura de que estás lo suficientemente bien para viajar? –preguntó Xander con brusquedad.

–Eso es lo que ha dicho el médico –respondió Katrina.

Estaban en un patio adonde la habían conducido la mujer del soberano y el propio soberano de Zurán.

Katrina se había visto sorprendida por la demostración de calidez del soberano hacia ella, como si estuviera realmente contento de tenerla en la familia.

En aquel momento, mientras los observaba a los dos, su medio hermano le dijo jovialmente a Xander:

—Ahora es tu esposa, Xander, y puedes besarla. De hecho, te recomiendo que lo hagas. La pobre muchacha parece necesitar desesperadamente muestras de amor y de apoyo.

—Estás logrando que se sonroje, amor mío —comentó su esposa, agarrándose de su brazo y sonriéndole—. Katrina está recién casada y seguramente no querrá compartir la intimidad de sus besos con Xander con ningún observador.

—¿Deseas que te bese? —le preguntó Xander a Katrina inmediatamente.

La consorte rio.

—¡Oh, Xander, qué poco romántico! Por supuesto que quiere, pero no esperes que te lo diga.

—Entonces no tendrá mis besos hasta que lo haga —anunció él con frialdad.

La esposa del soberano seguía riendo, pero Katrina tenía ganas de llorar. Le ardían las mejillas con una mezcla de ira y humillación y, aunque odiaba admitirlo, hubiera sido maravilloso que Xander la abrazara fuerte y que le susurrara al oído que la amaba y la deseaba.

¿Qué tontería era aquella? ¡Él nunca iba a hacer eso!, se dijo Katrina. Y empezaba a sospechar que la única razón por la cual él había accedido a pasar un mes juntos en privado era para no tener que fingir ser el marido enamorado en público.

Tal vez Xander se mostrara frío con ella, falto de interés o de muestras de amor, pero no se comportaba así con su familia, advirtió Katrina. Uno por uno, los hijos del soberano se presentaron para recibir un abrazo de buenas noches de su tío. Y, aunque no besó a la consorte, el abrazo cálido que intercambió con el soberano hizo que Katrina sintiera envidia de su cercanía. Era evidente que se querían y se respetaban. Pero, a pesar de eso, el soberano seguía obligando a su medio hermano a un matrimonio que él no deseaba, se recordó Katrina.

–Que vuestro matrimonio sea feliz y fructífero –le deseó la soberana a Katrina mientras la abrazaba.

Ella, conteniendo las lágrimas de dolor, intentó sonreír como respuesta. Entonces vio que Xander la estaba esperando. Sin decir nada, atravesó el patio con él. Dos hombres uniformados les abrieron las puertas y Katrina contuvo el aliento al ver lo que les esperaba al otro lado: no era un coche, como ella esperaba, sino un helicóptero.

–¿Vamos a viajar en eso? –preguntó dubitativa.

–La casa está en las montañas, a unas doce horas en coche. Con esto estarás a salvo. Tengo la licencia de piloto desde hace más de diez años, y nunca he tenido un accidente.

–¿Vas a ser tú quien pilote esta máquina? –inquirió ella, incapaz de ocultar su sorpresa.

–Prefiero pilotar yo siempre que puedo.

Katrina digirió en silencio aquel comentario. ¡Había tantas cosas de él que no conocía...!

Él ya se había subido al helicóptero, con unas ganas

evidentes de ponerlo en marcha. Sin duda, muchas más ganas que de encerrarse con ella, pensó Katrina sarcásticamente mientras se subía ella también.

Katrina sabía que había montañas en el interior del país, pero nunca se había imaginado que las visitaría, y menos en circunstancias como aquellas. Lo que le hizo recordar a su equipo.

–Mis colegas... –comenzó.

–El jefe de la expedición ha sido informado de que estás a salvo y de que te has casado –informó él, frunciendo la boca–. Tus colegas regresaron al Reino Unido al poco de tu secuestro.

–¿Les obligaste a regresar antes de que el proyecto estuviera terminado? –preguntó Katrina enfadada.

–¿Yo? ¡Yo estaba en el desierto contigo, por si no lo recuerdas! Tu jefe presentó una petición urgente diciendo que querían regresar lo antes posible, ya que él no consideraba seguro para el equipo que continuaran aquí después de tu secuestro.

Katrina digirió la información en silencio. Nunca le había gustado Richard, pero le dolía que los demás hubieran salido del país sin asegurarse de que ella estaba bien.

Estaban viajando de noche, con la única iluminación de las estrellas y la luna creciente. De pronto, delante de ellos, Katrina vio lo que parecía una fortaleza árabe iluminada.

–¿Qué es eso? –le preguntó a Xander, sin poder ocultar su asombro.

–Es nuestro destino, la casa de las montañas –le respondió él tranquilamente.

¿La casa de las montañas? Incapaz de contenerse, se giró para mirarlo a los ojos.

—Eso no es una casa, es...

—Es una fortaleza sarracena. Mi madre se enamoró del edificio cuando estaba abandonado y, como sorpresa, mi padre lo reconstruyó manteniendo la fachada. Mis padres pasaban tanto tiempo aquí como podían. Era su casa favorita.

Empezaron a descender y Xander aterrizó el helicóptero con gran habilidad, con cierto sobresalto de Katrina al contemplar lo escarpado del terreno que los rodeaba.

En cuanto las hélices dejaron de girar, multitud de sirvientes se apresuraron a darles la bienvenida y a transportar su equipaje. Pero fue el propio Xander quien ayudó a Katrina a salir del helicóptero. Aquellas manos fuertes sobre su piel le provocaron a ella un intenso dolor y deseo interno y, lo peor de todo, le recordaron el placer que le habían provocado.

Rápidamente se soltó. No quería que su cuerpo la torturara con sus recuerdos de él.

Xander la miró con tristeza, contemplando su perfil y la forma en que se apartaba de él.

Había intentado convencer a su hermanastro de que no insistiera en aquel matrimonio, pero no le había hecho caso. Su cuñada le había dicho que estaba convencida de que Katrina lo amaba y que eso, más que nada, era lo que sostenía la decisión del soberano. Xander frunció la boca. Katrina no lo amaba, lo detestaba, ella misma se lo había dicho. Sintió que el dolor lo inundaba. ¿Cuándo había él empezado a quererla? ¿Aquella primera tarde en el zoco cuando la había besado? Tenía claro que, cuando Sulimán se la había intentado comprar, ya no había nada en el mundo capaz de hacer que él renunciara a ella. Había intentado fingir que no era amor lo que se había adueñado de él, al igual que había tratado de convencerse a sí mismo de que sólo su orgullo estaba dolido al no corresponder ella sus sentimientos. ¿Se estaría engañando a sí mismo con la esperanza de que, de la compasión que le había llevado a ella a rogar clemencia por él, naciera el amor?

Tanto si ella llegaba a amarlo algún día como si no, él tenía a partir de aquel momento unas responsabilidades hacia ella y hacia su propia familia.

Mientras entraba junto a Xander en el patio de la fortaleza, Katrina no pudo evitar sentirse maravillada y abrumada. La casa que se había construido a partir de la fachada original era de tal belleza que le puso un nudo en la garganta.

Había un jardín en el interior de las antiguas murallas. Luces discretas revelaban elegantes arroyos, fuentes, caminos y pérgolas, y un aroma a flores inundaba el aire.

–Esto es bellísimo –susurró ella emocionada.

–Mis padres lo diseñaron juntos. Mi madre quería que fuera una fusión perfecta entre Oriente y Occidente –explicó él con brusquedad.

Era como si le molestara hablar con ella, como si contarle cosas de sus padres los contaminara, pensó Katrina. ¿Tanto la odiaba? ¿Y por qué no iba a hacerlo, cuando se había visto obligado a casarse con ella?

–La casa no sigue el estilo tradicional de Zurán –le explicó él, mientras colocaba una mano en la espalda de ella para que caminara–: No hay aposentos separados para los hombres y las mujeres.

El tacto de él provocó en Katrina una oleada de placer sensual y una profunda emoción. Quería darse la vuelta y rogarle que la abrazara fuertemente, que la besara y que la llevara a la cama. Debía de ser el jardín lo que la estaba afectando. No tenía ninguna razón lógica para desearlo, y sí cien para no hacerlo. Pero el amor no era lógico, ¿verdad? ¿Amor? ¿Amaba a Xander? Se puso a temblar con tanta fuerza como si estuviera sufriendo una terrible conmoción, ¡o descubriendo una verdad insoportable!

–¿Qué te sucede? ¿Es por el brazo? –preguntó Xander, preocupado, al sentirla temblar, pero sin ser consciente de que él era la causa de aquella reacción–. ¿Te duele?

–No, sólo estoy... cansada, eso es todo.

–Voy a pedirle a Miriam, el ama de llaves, que te lleve directamente a tu habitación. El doctor Al Hajab me ha dado algunos analgésicos para ti.

Estaban en el interior de la casa, en un vestíbulo decorado con una elegante simplicidad. Katrina percibió el aroma a rosas en el aire. Todo a su alrededor destilaba tranquilidad y armonía. Inexplicablemente, se sintió como si alguien la acariciara suavemente, con mucho cariño, calmando sus nervios.

Sintió como si se le quitara un peso de encima.

–¡Ah, aquí está Miriam! –anunció Xander.

Una mujer pequeña y rechoncha acudió a saludarlos con gran alegría, y rodeó a Xander con sus brazos, hablándole tan rápidamente y tan emocionada que Katrina no logró entender lo que decía.

–Miriam, esta es Katrina, mi esposa.

Sus ojos pequeños, negros y astutos examinaron concienzudamente a Katrina.

–A tu madre le habría gustado, creo yo.

–Por favor, llévala a su habitación. Está cansada, así que tendrás que esperar a mañana para enseñarle el resto de la propiedad.

–¿Es una recién casada y está cansada? –preguntó Miriam abiertamente, haciendo que Katrina se sonrojara.

–Está herida –le explicó Xander, y se volvió hacia Katrina–. Te dejo en las mejores manos. Tengo algunos asuntos que atender, pero si deseas algo, díselo a Miriam y ella te lo proporcionará.

Antes de que ella pudiera responder, Xander desapareció a grandes zancadas por un pasillo.

–Sígame, por favor –dijo Miriam, conduciéndola por una espléndida escalera de mármol hasta una puerta doble, que abrió con mucha teatralidad, e indicando a Katrina que debía entrar ella primero.

Cuando lo hizo, Katrina comprendió el gesto teatral, porque aquella habitación era increíblemente bella. Las paredes estaban pintadas en un tono entre gris y verde, muy relajante. Suntuosas alfombras de seda cubrían los suelos. Pero fue la cama, simple y hermosa, lo que más maravilló a Katrina. Era de madera, de un color ligeramente más oscuro que las paredes, y la ropa de cama era blanca inmaculada. Volvió a sentir la sensación de paz y armonía que había experimentado hacía un momento, una abrumadora sensación de calidez y amor que le resultaba muy real.

–¿Era esta la habitación de la madre de Xander? –le preguntó a Miriam lentamente.

El ama de llaves asintió.

–La mujer del soberano escogió ella misma todo lo de la casa. Era su lugar especial, el único lugar donde podía tener al soberano para ella sola. ¿Puede sentirla?

–Sí –asintió Katrina.

Miriam sonrió.

–¡Lo sabía! En el momento en que usted entró, supe que era la adecuada para él. Yo era la doncella de su madre –le contó a Katrina–. Supe que estaba embarazada incluso antes que el propio jeque, ¡a mí no pudo ocultármelo! Yo fui a la que llamó cuando se puso de parto... Ella estaba tan emocionada, tan orgullosa de haberle dado un hijo a nuestro soberano... ¡y amaba tanto a su bebé! Pero luego se puso muy enferma. ¡Deseaba vivir con todas sus fuerzas, pero no pudo ser! Pobre mujer. Estaría feliz de verla casada con su hijo. Usted es inglesa, como ella, y lo ama, como ella amaba a su padre.

Era una afirmación, no una pregunta. Katrina no se molestó en intentar discutirlo.

–Su ropa ya está fuera de las maletas. Le enseñaré el vestidor y el cuarto de baño, y me marcharé para que pueda dormir.

Katrina la siguió y se quedó embobada ante la elegancia del cuarto de baño. Tenía unas puertas de cristal que daban a una terraza. Más allá, según le explicó Miriam, estaba el pequeño jardín privado que era el refugio espiritual de la madre de Xander.

–Ahora la dejo. ¿Quiere que le pida algo de comer o de beber?

Katrina negó con la cabeza, agotada. Lo único que quería era darse una ducha para quitarse el polvo del camino y acurrucarse en la cama.

Xander abrió la puerta del dormitorio y contempló la cama. La luz de la luna entraba por las ventanas y revelaba el cuerpo dormido de Katrina, su rostro vuelto hacia él, su pelo esparcido sobre la almohada. Pasó a su lado sin hacer ruido, se metió en el cuarto de baño y encendió la ducha.

No debía haber permitido que su hermanastro lo obligara a casarse con Katrina. Ella no lo amaba, no como él quería o necesitaba, con su corazón y su alma, además de con su cuerpo. Se había entregado a él físicamente, pero eso no significaba que lo amara.

Incluso bajo el chorro de la ducha, su cuerpo reaccionó inmediatamente con los recuerdos que su mente estaba evocando. Intentó contenerse con todas sus fuerzas, abriendo al máximo el agua fría hasta que su ansiedad física remitió.

Salió de la ducha, se secó con una toalla y salió desnudo al dormitorio, deteniéndose para contemplar sombrío el hermoso rostro dormido de Katrina. Estaba tan dormida que, incluso cuando él retiró la sábana y se metió en la enorme cama, ella no se movió.

La luna iluminaba la curva de su brazo y la suave piel de su cuello. Él se moría de ganas de alargar la mano y recorrer aquel camino plateado, pero sabía que, si se entregaba a aquella tentación, no sería capaz de contenerse, la estrecharía entre sus brazos y la besaría. Igual que había deseado hacer la primera vez que la había visto en el zoco.

La cruda realidad de saber que ella no correspondía a su amor le rasgó por dentro como un puñal afilado. Resueltamente, se apartó de ella y puso tanta distancia entre ambos como pudo.

Capítulo 11

EL SONIDO de la vajilla entrechocando y el sabroso aroma a café recién hecho sacaron a Katrina de su sueño. Parpadeó ante el brillo del sol y miró en la dirección de la que provenía el discreto ruido de la porcelana. Por las puertas de cristal que daban a la enorme terraza, vio a Miriam disponiendo la vajilla sobre una mesa de hierro forjado.

Al quitarse de encima las sábanas, se quedó paralizada, con el corazón acelerado, mientras contemplaba la reveladora hendidura en la almohada contigua a la suya, incapaz de apartar la mirada de ella.

–¡Por fin se ha levantado! –la saludó alegremente el ama de llaves, interrumpiendo su horror de que no había dormido sola.

–He ordenado al servicio que prepare el desayuno favorito de la soberana. ¡Espero que le guste!

–Seguro que sí, Miriam –dijo Katrina, intentando no sentirse incómoda conforme ella asía la bata de la silla en la que ella la había dejado.

Afortunadamente, se había ido a acostar con el camisón que había llevado en el hospital, en lugar de desnuda, como hubiera preferido hacer. La puerta del vestidor se abrió repentinamente y Katrina se puso rígida al ver entrar a Xander. Era obvio que acababa de ducharse. Aún tenía el pelo húmedo y olía a jabón.

Aún con la bata en la mano, Miriam se acercó a él presurosa, sonriéndole ampliamente. Al ver el cariño con que él le devolvía el abrazo, Katrina sintió una punzada de aislamiento.

–Se me ha ocurrido que os gustaría desayunar en la terraza. Katrina disfrutará contemplando el jardín de tu madre –dijo, alargándole a él la bata de Katrina–. Cuando esté lista, Katrina, le enseñaré el resto de la propiedad. Espero que le guste tanto como a nosotros, pero si quiere hacer algún cambio...

–Seguro que no, Miriam –le aseguró rápidamente Katrina, recibiendo una sonrisa de aprobación por su parte antes de marcharse.

En cuanto se quedaron a solas, Katrina ignoró su corazón desbocado y miró decidida a Xander. Él estaba apoyado contra la pared con su bata en la mano.

–No me dijiste que compartiríamos habitación –protestó ella.

Observándola pensativo, Xander se apartó de la pared impulsándose con los hombros, y la mirada de Katrina se sintió inmediatamente atraída por los sensuales músculos bajo aquella piel color bronce. Katrina sintió sus propios músculos contrayéndose, como resultado de querer ahogar el estremecimiento que la recorría. ¡No podía excitarse simplemente con verlo, no podía!

–No creí que fuera necesario, teniendo en cuenta que somos unos recién casados. Es normal que los matrimonios compartan habitación y cama. Decirle a Miriam que íbamos a dormir en habitaciones separadas hubiera dado lugar a desagradables comentarios y habladurías.

–Puede ser, pero nuestro matrimonio no es normal –señaló Katrina, incapaz de contenerse.

–¿Que no es normal? –le preguntó Xander suavemente–. ¿Qué quieres decir con eso?

–Quiero decir que la mayoría de la gente se casa porque... porque se aman y quieren estar juntos.

Hubo una pausa muy molesta, al menos para Katrina, antes de que él preguntara aún más suavemente:

–¿No te estás olvidando de un ingrediente básico de la receta? ¿Acaso no estás de acuerdo en que la mayoría de las personas que se casan se desean físicamente?

Katrina sintió que se sonrojaba. Había algo en la forma como él la miraba...

–El deseo físico no es importante en el matrimonio –logró articular, con el rostro colorado.

–¿Pero admites que ha habido deseo físico entre nosotros?

¿Por qué la estaba obligando a humillarse de aquella manera? ¿Qué era lo que él quería demostrar, y a quién? ¡Ella ya sabía lo que sentía por él, y no pensaba dejar que él lo supiera!

–Eso... eso fue un error –afirmó.

–¿Un error? –repitió él, mientras se acercaba a la cama.

Katrina sintió que empezaba a temblar, y no de ira ni de rechazo.

–¿Entregarme tu virginidad fue un error? Cuando gritaste, fue de placer.

–¡No! –gimió ella, rechazando tanto la intención que veía en los ojos de él como lo que él había afirmado.

–Pues yo digo que sí, y te demostraré que tengo razón –continuó él suavemente.

–¡No! Lo que sucedió aquella noche fue sólo... no significó nada para mí.

Igual que ella no significaba nada para él, pensó Katrina. No podía soportar el dolor al ver en sus ojos que él conocía sus estúpidos sentimientos, su deseo y su ansia por él y por su amor.

—Estás mintiendo y pienso demostrarlo —repitió él.

Cruzó el dormitorio como una bala y se quedó delante de ella, tapándole el sol, antes de que ella pudiera evadirse.

—¡No te atrevas a tocarme! —le advirtió ella ferozmente, pero dándose cuenta de que sus palabras no tenían ningún impacto sobre él.

Xander esgrimió una sonrisa burlona conforme se inclinaba hacia delante.

—Pues voy a tocarte, y tú vas a desear que lo haga —le susurró—. Vas a pedirme a gritos que te dé placer, que te penetre, que te satisfaga.

Mientras decía eso, la agarró por las muñecas y le subió los brazos a ambos lados de la cabeza. Entonces se inclinó sobre ella. Ella hizo todo lo que pudo por rechazarlo, tensando todo su cuerpo y apartando su cabeza de él, apretando firmemente los labios para que no pudiera besarla.

Pero no fueron sus labios los que recibieron la dulce y lenta caricia de su boca, sino la parte interna de su brazo.

Olas de placer le subieron por el brazo, provocándole una sensación que iba aumentando hasta dominar cada fibra de su cuerpo. Sintió cómo los pezones se le endurecían como pidiendo compartir el placer que estaba recibiendo el brazo.

El placer se convirtió en una necesidad cada vez mayor de sentir su boca sobre otras partes de su cuerpo. La boca, que tan apretada tenía, se entreabrió, y sus ojos se iluminaron con el brillo de la pasión.

Ella deseaba sujetarle la cabeza y atraerlo hacia sí, no sólo para saborear su boca, sino para perderse en el placer de la pasión. La intensidad de sus sentimientos debería alarmarla, pero en lugar de eso, ¡la animaba!

–¿Estás segura de que no quieres esto?

Aquella pregunta desafiante devolvió a Katrina a la realidad.

–Muy segura –respondió ella, en un susurro feroz.

¿Qué tipo de hombre era él, que estaba comportándose de aquella manera?

La estaba besando el cuello, sujetándole las muñecas con una mano mientras con la otra le bajaba los tirantes del camisón. Sus dedos rozaron la piel de ella. Depositó leves besos a todo lo largo de su clavícula. Un estremecimiento acabó con el autocontrol de Katrina, y el deseo y la necesidad se apoderaron de ella y la arrastraron. Oyó que Xander murmuraba algo, una maldición, una oración, no estaba segura. Y entonces él bajó su boca hasta uno de sus pechos, sintiéndolo a través de la tela del camisón, como si no pudiera esperar. Katrina sintió que la exaltación se adueñaba de ella, aumentando mil veces cuando él le bajó el camisón un poco más, dejando al descubierto su otro pecho y dedicándole la atención de su boca y su lengua.

Ella comenzó a respirar aceleradamente y se detuvo, jadeando para protestar cuando él apartó la boca de su pezón. Contempló su medio desnudez con una expresión en los ojos que se correspondía con la necesidad que se había apoderado de ella.

–¿Qué deseas?

Ella sacudió la cabeza.

Él le soltó las manos y besó el valle entre sus senos, mientras sus manos bajaban el camisón más y más.

–¿Quieres esto?

–¡Sí! –exclamó ella, ardiendo de deseo.

Él exploró su ombligo con la lengua y, con un movimiento fluido, le quitó completamente el camisón, dejando todo su cuerpo expuesto a su vista y a su tacto.

La visión de aquella cabeza sobre su cuerpo desnudo desató un calor ardiente dentro de ella, que estaba totalmente entregada a su placer.

La mano de él le acarició el muslo mientras ella se estremecía impotente bajo su tacto. Pronto él encontraría su humedad, y cuando lo hiciera, cuando la acariciara allí...

Sus pensamientos eróticos aumentaban su tormento. ¡Xander estaba besándole la parte interna del muslo! Su lengua entreabrió los labios hinchados que guardaban su sexo. Katrina sintió su excitante humedad, y fue la lengua de él y no sus dedos quien la descubrió, saboreando su mayor intimidad mientras acariciaba el clítoris erecto.

Katrina no podía soportar aquella intensidad de placer. Su cuerpo se arqueaba y se retorcía, y sin pensar en lo que hacía, alargó la mano hacia él con ansiedad, pidiéndole que la penetrara.

Xander se rindió a la necesidad que lo poseía y se introdujo lenta y profundamente en la calidez expectante de Katrina.

Olas de placer le hicieron estremecerse cuando sintió que ella lo envolvía, sujetándolo y acariciándolo con sus músculos, y le sacudió una reacción ardiente y salvaje. Se suponía que estaba haciendo aquello para darle placer a ella, y no a sí mismo, para mostrarle... para darle lo que ella necesitaba de tal forma que nunca deseara a otro hombre más que a él. Si no podía tener su amor, su comprensión o su respeto, al menos la mantendría a su lado valiéndose de su deseo sexual.

Entonces la trampa que había preparado para ella lo atrapó a él también, y empezó a moverse más rápido y más fuerte dentro de ella, obedeciendo sólo a la Naturaleza.

Katrina sollozó de placer, apretándose contra el hombro de Xander, estremeciéndose intensamente mientras su cuerpo acompañaba cada embestida de él y se contraía con unas frenéticas convulsiones que no sólo absorbieron el orgasmo de él, sino también su semilla.

—Sé que es hijo tuyo, pero no sé cuánto tiempo más voy a poder soportar lo que me está haciendo.

Era última hora de la tarde y Katrina había acudido como solía hacer a la habitación que fuera biblioteca y sala de estar privada de la madre de Xander. En aquella habitación, Katrina se sentía capaz de poner voz a sus pensamientos y sentimientos más privados, como si estuviera hablando con una persona real. Una persona que no sólo era la madre de Xander, sino también su sabia consejera, porque comprendía lo que ella sentía.

Había descubierto la habitación cuando Miriam le había enseñado la casa, y lograba en ella una calma que no encontraba en ningún otro sitio. Sobre todo, no en el elegante dormitorio donde, cada noche, en la intimidad de la enorme cama, Xander la estrechaba entre sus brazos y la llevaba al cielo y al infierno a la vez.

—Sé que él cree que me está humillando, ¡pero lo cierto es que nos está humillando a los dos! Él me odia por ser tan «inglesa», pero es tu hijo y reverencia tu memoria, y tú también eras inglesa. Me habla como si creyera que no respeto su herencia cultural, y no me escucha cuando intento decirle que está equivocado. Amo a la persona que él es, la mezcla única de culturas y características que lo han ido formando. Pero no puedo seguir con él. Lo amo demasiado, ¡pero mi amor por él me está destruyendo!

Al otro lado de la estantería, que separaba el estudio que había sido de su madre, del despacho más formal de su padre, y que estaban conectados a través de un panel secreto, Xander se quedó petrificado, sintiendo cada latido de su corazón.

Lo conmocionaba escuchar a Katrina hablar con su madre con tanto apasionamiento. Él captaba la soledad y la desesperación de su voz, y un dolor que nunca había imaginado inundó su corazón. Había escuchado claramente lo que Katrina decía, pero ¿cómo creérselo? Ella le había dicho a voces lo que pensaba de él y cuánto lo odiaba.

La angustia se adueñó de Katrina, cerrándole la garganta e impidiéndole hablar. Conteniendo las lágrimas que amenazaban con inundar sus ojos, se concentró en las estanterías de la biblioteca y recordó la furia de Xander cuando lo había acusado de robar los libros que de hecho habían sido de su madre.

¿Y si nacía un hijo de aquella agridulce intimidad que estaban compartiendo? Esas largas horas de besos y caricias, que cada vez ella se prometía que no iban a repetirse, y cada noche descubría que ansiaba.

¿Acaso ella no tenía orgullo ni sentido de la supervivencia? ¿Era tan débil que estaba dispuesta al sexo, cuando lo que ansiaba era amor?

Oyó que la puerta se abría. ¡Seguro que era Miriam preguntando si deseaba algo! Rápidamente, sacó un libro de la estantería y lo abrió, esperando ocultar su agitación al ama de llaves.

—¿Qué lees?

Ella se lo quedó mirando atónita. No era Miriam, era Xander.

—Yo... esto...

Asustada, comenzó a retroceder hacia las sombras protectoras, pero Xander la siguió y le arrebató el libro de las manos.

—Son los poemas que mi padre escribió para mi madre. Fueron su reconocimiento privado de que la amaba.

—¿Quieres decir que no me está permitido leerlos? —lo desafió Katrina—. ¡En ese caso, no deberían estar en las estanterías de una biblioteca!

De pronto, ella sintió que ya no podía más. Antes de ablandarse, empezó a hablar.

—Esto no puede continuar, Xander, y no va a continuar. Quiero ir a mi casa de Inglaterra. Voy a irme a casa, a Inglaterra —se corrigió a sí misma—. ¡Y nada de lo que hagas o digas logrará detenerme!

Antes de que él pudiera responder, Katrina pasó a toda velocidad a su lado y salió por la puerta.

Capítulo 12

DICES que quieres regresar a Inglaterra, ¡pero un matrimonio no se deja de lado tan fácilmente!

Estaban en el dormitorio, ya que Xander la había seguido escaleras arriba.

–Eso no me importa –le respondió Katrina ferozmente.

–¿No? ¿Entonces qué te importa? –preguntó él, apoyándose contra la puerta mientras se cruzaba de brazos y la observaba.

Katrina estaba muy nerviosa. Él le importaba, ¡y demasiado!

Se dio la vuelta para no tener que mirarlo, y dijo tranquilamente:

–No me gusta cómo vivimos. No está... bien.

–¿A qué te refieres? –le desafió Xander–. ¿Qué es lo que no está bien?

Le estaba tendiendo una trampa, Katrina estaba convencida.

–Ya sabes a lo que me refiero –contestó ella, dándose la vuelta–. Durante el día apenas te veo, y cuando lo hago me ignoras. Pero por la noche...

Se detuvo, incapaz de continuar.

–Por la noche te tomo entre mis brazos y tu cuerpo responde ardientemente a mis caricias y yo...

–¡Para!

La presión de sus emociones estaba llevando a Katrina peligrosamente hasta el límite.

–Sé lo mucho que te diviertes humillándome y atormentándome, Xander. ¡Eres un sádico!

–Apenas puedo creer mi buena suerte al tener como esposa a una mujer que se entrega a mí tan completamente, y que llega a partes de mí que nunca creí que existieran. No, no soy un sádico, Katrina. Pero no puedo permitirte que me dejes.

–¿Porque crees que puedo estar embarazada? –le desafió Katrina.

Las palabras de él le habían conmocionado, pero se negaba a creer que fueran algo más que una estratagema para que ella no quisiera marcharse.

–¡No hay ningún bebé, Xander! –continuó ella.

–¿No? ¿Cómo estás tan segura?

–Lo he sabido esta mañana –mintió Katrina, ya que tenía la creciente sospecha de que llevaba dentro al hijo de Xander.

–Bueno, entonces debo cerciorarme de que habrá un bebé –murmuró él–. Porque te aseguro que, si hay bebé, de ninguna forma permitiré que él vaya a ninguna parte sin mí. Aunque tú no sientas el mismo amor y devoción hacia nuestro hijo como yo...

–Claro que la sentiría. Amaría a nuestro hijo con todo mi corazón –le interrumpió Katrina.

–Entonces, ¿por qué quieres abandonarme?

Katrina parpadeó.

–Porque... porque no nos amamos, Xander.

–¡Tú me amas!

Katrina se lo quedó mirando con la boca abierta.

¿Cómo era posible que él lo supiera, que lo afirmara con tanta seguridad?

—¿Qué te hace pensar eso? —logró articular Katrina.

Hubo una pequeña pausa, y entonces, para consternación suya, Xander cerró la puerta con llave, se la guardó en el bolsillo y se encaminó hacia ella.

—Escuché que se lo decías a mi madre.

—No es posible... —susurró ella, poniéndose en pie.

—Pues lo he hecho —le aseguró Xander, repitiéndole lentamente lo que ella había dicho, como si saboreara las palabras con gusto.

—No lo decía en serio —señaló ella.

Él echó la cabeza hacia atrás y se echó a reír.

—Mentirosa —susurró sobre los labios de ella, mientras la atraía hacia sí en un abrazo.

Aquel beso hizo que se derritieran en Katrina tanto sus ideas como sus inhibiciones. No podía resistirse a él.

—¡Me amas! ¡Dilo! —le ordenó él junto a su boca.

—Te amo —admitió Katrina, mientras las lágrimas humedecían sus mejillas.

—¿Lloras porque me amas? —inquirió él, enjugándole las gotas—. El amor puede doler. Mi amor por ti me ha causado más dolor de lo que me creía capaz de soportar.

Katrina se quedó paralizada en sus brazos.

—¿Por qué dices eso? —le preguntó con amargura—. Tú no me amas.

—Por supuesto que no —ironizó Xander—. Por eso ignoré todo en lo que siempre había creído para luchar por ti en el desierto. Por eso permití a El Khalid que me casara contigo, antes que perderte. Por eso me acosté contigo, aunque me había prometido a mí mismo que no lo haría. Por eso me desprecié cuando descubrí que te había juzgado mal y que tú eras virgen. Y por eso también me dolió tanto que no me creyeras cuando te aseguré que los libros habían sido de mi madre. Y aún más me dolió no ser capaz de contarte la verdad sobre quién era yo.

–Nunca dijiste nada –contestó Katrina, con la voz estrangulada de dolor.

–Ni tú tampoco –le recordó Xander suavemente–. El casarme contigo una segunda vez fue una forma de demostrarte la fuerza de mis sentimientos hacia ti.

–Yo creí que era porque el soberano había insistido en que lo hicieras. Dijiste que... –comentó ella, acusadoramente.

–¡Después de que tú me dejaras claro que te parecía horrible la idea de que estuviéramos casados!

–Me sentía humillada porque había pedido clemencia para ti y luego había descubierto quién eras en realidad –explicó ella con tristeza–. Me imaginé que te habías reído de mí.

–Mi cuñada me dijo que me amabas, pero yo me negué a creerla.

–Yo sí que no puedo creerme que me ames –murmuró Katrina maravillada.

–¿Te gustaría que te lo demostrara? Has dicho que hoy has sabido que no estás embarazada.

Katrina enrojeció.

–Eso no es del todo verdad... En ese momento, sólo quería librarme de ti.

Dudó. Amar a alguien significaba confiar en esa persona, ¿verdad?

–Es posible que esté embarazada de nuestro bebé, Xander, aunque es demasiado pronto para confirmarlo –comentó ella.

Ignorándola, Xander elevó la barbilla de ella para que lo mirara a los ojos con una mirada intensa de ternura y compromiso total.

–Sólo hay una cosa que deseo más que el que seas la madre de mis hijos, Katrina. Y es tu amor.

–Eso ya lo tienes, Xander.

–Lo cuidaré a él y a ti para siempre –le prometió él embargado por la emoción, mientras se inclinaba sobre ella y tomaba posesión de su boca.

Epílogo

OH, XANDER, es un homenaje maravilloso a tu madre, y muy generoso por parte de tu hermano.

–Es el homenaje perfecto para ella –reconoció Xander, rodeado de su familia mientras el soberano inauguraba oficialmente la universidad para mujeres que se había construido en Zurán en honor de la madre de Xander.

–Y fuiste tú quien lo sugirió.

Katrina le sonrió con mucho cariño mientras se acomodaba en los brazos a su bebé de diez meses.

–No es demasiado para ti, ¿verdad? –le preguntó él ansioso, incapaz de no mirar su vientre hinchado por un nuevo embarazo.

–No, qué va –respondió ella, riendo.

–Qué pena –murmuró Xander juguetón–. Esperaba que hoy tuviéramos que retirarnos a nuestra habitación temprano...

Bianca.

**No había una cláusula que contemplara
las consecuencias de la noche de bodas...**

Cuando aceptó ayudar a una amiga, Estelle Connolly no esperaba terminar como acompañante en una boda de la alta sociedad, y menos aún llamando la atención del hombre más poderoso de la recepción.

La poco experimentada Estelle tuvo que hacer un enorme esfuerzo para mantener aquella fachada de sofisticación, sobre todo cuando Raúl Sánchez le hizo una oferta escandalosa: le ofrecía una cantidad de dinero que podría aliviar los problemas de su familia a cambio de convertirse durante unos meses... en la señora Sánchez.

Luna de miel en Marbella

Carol Marinelli